石帆 19

福建省平潭综合实验区作家协会 编

海峡文艺出版社

海峡出版发行集团 THE STRAITS PUBLISHING & DISTRIBUTING GROUP | 海峡文艺出版社 Haixia Literature & Art Publishing House

图书在版编目(CIP)数据

石帆. 19/福建省平潭综合实验区作家协会,海峡文艺出版社编. -福州:海峡文艺出版社,2021.10
ISBN 978-7-5550-2701-0

Ⅰ.①石… Ⅱ.①福…②海… Ⅲ.①中国文学—当代文学—作品综合集—平潭县 Ⅳ.①I218.574

中国版本图书馆 CIP 数据核字(2021)第 154930 号

石帆. 19

福建省平潭综合实验区作家协会 海峡文艺出版社 编

责任编辑 任心宇
出版发行 海峡文艺出版社
经　　销 福建新华发行(集团)有限责任公司
社　　址 福州市东水路 76 号 14 层
发 行 部 0591—87536797
印　　刷 福州力人彩印有限公司
厂　　址 福州市晋安区新店镇健康村西庄 580 号 9 栋
开　　本 787 毫米×1092 毫米 1/16
字　　数 160 千字
印　　张 12.75
版　　次 2021 年 10 月第 1 版
印　　次 2021 年 10 月第 1 次印刷
书　　号 ISBN 978-7-5550-2701-0
定　　价 48.00 元

目录

文汇 · 散文

文汇 · 诗歌

文汇 · 诗剧

文汇 · 散文诗

专辑·铭记

战火纷飞红旗飘（报告文学）

◎ 杨国栋

一

8月炎热炙烤的日子，骄阳艳日被滚滚乌云要挟、席卷、包裹，继而就是6级台风将海浪掀成数米高的水柱，强烈地撞击在尖峭的岩礁上，发出震耳的轰鸣呼啸……

这个突发而来的平潭岛恶劣气候，出乎参战部队广大官兵的意料，故而一线作战的团长们电话报告师长乃至时任中国人民解放军第28军军长朱绍清：海上风浪太大，指战员乘坐的木帆船在摇晃颠簸的海面上几近翻船，是否继续前进……朱绍清军长拿过参谋长手中的话机，有些不高兴地问，你们废什么话？一个6级风浪就把你们吓到了？你们还是不是横扫千军的王牌主力部队？对方说：报告军长，这里是豁口，狂风汹烈，相当于海面上的七八级大台风啊，前面的小舢板都被凶猛的风浪掀翻了……朱军长生气了。他说：执行命令，按照原计划强攻敌人阵地，拿下各个据点岛礁。对方坚定地回答说：是，我们保证完成任务！

这是1949年中华人民共和国成立前夕，发生在福建平潭28军解放平潭战役中的一个画面。开国少将朱绍清后来在他亲自撰写的《平潭战役回忆》中写道：福州战役胜利结束后，第10兵团主力部队迅即挥师南下，准备发起漳（州）厦（门）战役。但是溃守在平潭岛之国民党军队堵塞着海上通道，成为我军战备船只集结南下的巨大障碍。迅速歼灭这股敌人，保障我军海上运输顺畅自由，成为当务之急。按说，解放福州战役，朱绍清所领导的28军是打响福州第一枪和解放福州城的主力参战部队，战后需要休整。可是军情紧急，第10兵团司令员叶飞亲自点将朱绍清，完成这一光荣的附加任务。朱绍清军长二话不说，迅即开拔，从福州经福清、小山东，分别飞舟跨海，进入有着军事作战条件的卫星岛屿，直击敌人占领的腹地。

平潭岛又称海坛岛，因为岛屿外形神似古代的坛，矗立在海中，便被叫作海坛岛。岛上时常雾气弥漫，斑驳混沌，古人将此称之为“岚气”。故而“岚”就成了平潭县的别称。笔者在1976年至1982年的6年多时间里，曾经在岚岛从战士干到副连级宣传干事，对于连队所在地三十六脚湖和团机关驻地东壁印象极为深刻。三十六脚湖是福建省最大的海岛天然淡水湖，湖面娴静安谧，宛若处子；水下游鱼摆尾，淡虾高跳，龟鳖爬行；水质清新透亮，没有任何人工或工业污染，而且千年不绝，岛上的居民生活用水都来自此湖，也算是上苍对平潭人的厚爱眷顾。这里湖光山色，青绿掩映，树木葳蕤，花草连绵，风景秀丽。无论不远处的大海如何发飙咆哮，狂风吹打，暴雨瓢泼，三十六脚湖依然清净清新，安然无恙，被世人称誉为“东海仙境”。清代著名诗人俞廷萱曾经写诗赞扬：

波光如画碧如油，日落风清好泛舟。
三十六湖烟波阔，不知领得几多秋。

平潭岛为全国第五大岛、福建省第一大岛。该岛由近千个岛、礁组成，其中岛屿126个，总面积约370平方公里，主岛面积323.25平方公里，有着丰富的自然资源和海域港湾，适宜近海养殖。但是，强台风甚至超强台风时不时粗暴肆虐这里的岛礁，主岛平潭豁口较多，风力强劲，一公里内没有树木芳草能够成活。其时，国民党73军军部和15师，以及73军238师、74军残部等盘踞在主要的岛礁上，其中不乏在福州战役中被朱绍清军长、陈美藻政委领导的28军击溃的残渣部队。然而这些守军毕竟有着先进装备，如大小舰艇10多艘，大炮和轻重机枪等数百门（挺），总兵力近万人，他们企图垂死挣扎。

此前，朱绍清军长就分别派出侦察员潜入敌军驻地进行勘探侦察，获取第一手资料后得知，敌人的部署是：第73军两个师防守于平潭岛北半部。其中714团守防大练岛；712团一个连守防小练岛；军属工兵营一个排守防草屿；第74军残部布防在该岛南半部；舰艇游弋于闽江口和平潭岛周围。看到侦察员报来这样古板的敌军守防阵势，朱军长笑了。他认为国民党军队屡战屡败后，布局毫无新意，特别容易被解放军分割包围，各个击破。

二

今天，当我们从高空中俯瞰平潭岛，可以看见辽阔宽广的海面上处处景色绚烂，湛蓝的天空与湛蓝的海水交相辉映，相得益彰；悠悠白云与起伏波浪绘就人间清新。尤其是石牌洋（亦称双帆石）海标，凸显出岚岛的别样风情品位；长江澳、海坛湾、坛南湾海滨浴场，沙质细嫩盐白，海水清澈湛蓝，每年堆积的人潮人流可以绕地球数圈；亦梦亦幻般的蓝色眼泪，乍看色块浓烈深沉，细细观赏耐人寻味；再看形似神兽麒麟的平潭主岛在台湾海峡矗立，完全能够给人一种人间天堂的神奇美妙的感觉。岛上湖、海、沙、石相映成趣，奇、幽、险、陡引人入胜，构成独具特色的海岛风景线，成为世界各地游人竞相登陆的宝地。更何况，进入21世纪以来，平潭岛的交通获得了很大的进步。过去进出岛只有班车和部队的登陆艇，遇到台风被迫停开。如今旧貌换新颜，先是建起了超长的跨海双向行驶桥梁公路，接着在2013年11月动工建设了平潭海峡公（路）铁（路）大桥。这座公铁大桥于2019年9月25日完成全部桥梁合龙工程，大桥全线贯通；又于2020年10月1日公路段通车试运营；于2020年12月26日铁路段通车运营。进出平潭综合实验区，变得十分地便利快捷。

然而，旧时代的岚岛一片灰蒙迷离，凄风苦雨的岁月印记着岛民们的穷苦心酸、悲凉哀怨。侵华日军和国民党反动军队给渔民老百姓带去的惨痛记忆，除了凶残的暴力欺压，就是无休止的剥削压榨。

为了打一场有把握之战，扫清海面上的残敌，实现兵团首长的战略意图，朱绍清军长于1949年8月下旬，专门在距离岚岛西岸的福清县主持召开了全军作战会议，制定了详尽完善的作战方案。那些年，朱军长率领部队一路长驱直入，从北方打到南方，所向披靡，高奏凯歌。他和广大指战员们一样欢欣鼓舞，喜笑颜开，却时时刻刻保持着清醒冷静的头脑。平潭战役虽小，战略上可以藐视敌人，但他谨记毛主席的教导，哪怕很小的战斗，很弱的敌军，也要在战术上重视敌人。当下的平潭战役，虽然胜算在握，但朱军长还是清醒而睿智地看见了敌人正在边整编边抢修阵地工事，在相关路面设障阻击，甚至还在城南修建了一个小型的野战飞机场，妄图负隅顽抗。

与此同时，朱军长也看到了自己部队的弱点、短板，那就是攻打平潭岛是28军单独组织进行的一次战役，尤其没有过攻打海岛的渡海作战的经验，甚至可以说，在人民解放军的建军史上，攻打平潭岛这样的海上作战尚属首次，诸多困难明显地摆在了他们的面前：没有现代化的钢铁军舰和登陆艇，甚至机帆船都很少；所属部队绝大部分来自北方，虽有横渡黄河、长江的经历，却与渡海作战还有较大区别。根据朱军长等军首长的擘画谋划，28军采取的战法是先攻歼平潭外围若干卫星岛屿之敌，继而集中火力攻打平潭岛敌军。在具体的战法上，以4个团为第一梯队，3个团为第二梯队，军里的炮兵团全力支援。

战斗方案制定并被上级批准后，朱军长所在的28军指战员全面闻风而动，全军上下迅速展开各项战斗准备工作：筹集民船，雇佣船工尤其是船老大，勘察地形，临战训练，深海游泳，海上救护，战斗动员，研究潮汐规律和气象等，部队的士气一下子得到提升。经过半个月紧张而有序的准备，朱绍清军长于9月11日下达命令：战斗部队分别进入待机地域。12日夜晚，平潭海空一片漆黑，不但看不见皎洁的月亮与灿然的星光，而且3米之外看不见人影。在滚滚乌云的翻卷中，疯狂的海风一阵紧似一阵，咆哮的巨浪一波压过一波，像是在考验久经沙场节节胜利的28军官兵，如何过五关斩六将夺取平潭战役的胜利？

激烈的海战如期打响。

247团、250团、245团、252团，作为第一梯队，分别以部分兵力向着平潭敌占卫星岛之大小练岛、结屿、草屿、塘屿发起猛烈的攻击。

247团首先攻打小练岛。看似军力部署强大于敌人，可是海面上6级台风的骤然出现，多处豁口强力台风的持续吹打，让猝不及防的一线指战员被狂风当头劲吹而心智迷惘，超高的海浪如同妖魔一般，直接朝着没有心理准备的指战员浇淋泼洒，几个来回就让指战员脑袋转晕，呕吐不止，明显地减弱了渡海作战官兵们的战斗力……

好在，渡海作战的指战员事先受到政治动员和教育，经历过血与火、生与死的战场考验。他们准备了清醒脑袋的万金油，往太阳穴抹上并揉搓擦动几个来回，顿时提起了精气神，勇猛地向着敌人的据点趋进。敌人也不是吃素的。他们掌握了解放军善于在夜间发动猛烈进攻的规律，如渡江战役、上海战役、淞沪战役、福州战役等，往往第一枪都是在夜间打响。于是敌73军官兵白天大部分人躲在碉堡或据点里呼呼大睡，只留部分小兵马弁值守望风。三颗信号弹向着风高浪急的海空发射后，247团等第一梯队主力奋力搏击，强行渡海。敌人认为守株待兔成功，坐等消灭“共军”的机会来了，便在事先建筑的前沿军事工事中，集中火力向着我人民解放军连续扫射。一时间，247 团 4 连打头阵的指战员进攻受阻，不得不驾船转舵，规避敌人正面的猛烈火力打击，加快了进程。其时，247 团 4 连 6 班班长、共产党员叶栋良带病参战，因受强台风袭击，身体更加虚弱。当帆船航行触礁受阻时，叶栋良首先跳下水，带领全班战士朝着敌人阵地英勇冲击，因水深浪大，不幸以身殉职。其他班里战士继续冲锋，终于在一阵比一阵激烈轰鸣的枪炮声中，坚毅顽强地攻克了小练岛，将迎风飘扬的红旗插在了小练岛上。此战，247 团以少量指战员牺牲负伤的代价，全歼敌人 73 军 238 师 712 团 3 营 7 连，其中俘虏敌人 80 多人。

继而，不畏艰险的 247 团指战员再次攻击大练岛。这次是 8 连担任主攻。13 日 21 时，全连在华东二级人民英雄、连长刘玉瑞和副指导员苏守良率领下，乘着古老的木帆船，冒着起伏波动的 6 级大风浪，朝着登陆地点破浪前进。还是因为风大浪高，该团航行队伍出现散乱，在离岛约 200 米时进攻受到影响。岛上敌人以密集火力封锁海面，尽管我军顽强反击，还是受到来自敌人猛烈火力的疯狂阻击，前进数米都显得困难。

朦胧的月光在这时变得红蓝交辉，被穿越暗道地堡的火光一次次反复涂抹；翻卷的海浪雄浑激越，发出的尖啸和着水珠浪沫的咆哮，穿透了漆黑的夜色，凸显出激烈战火的强大。我军毫不气馁，以更加猛烈的进攻强压敌人火力，助推部队边射击边前进。此情此景，引发了一班长刘树美的思考。他机智灵活地迅即转舵驶向侧翼，组织轻重机枪猛烈的火力压制敌人，掩护连长带领突击队冲锋前进。战斗进行得异常艰苦惨烈，敌人强烈的阻击，导致双方陷入胶着状态，每前进一步都要付出惨重的代价。朱绍清军长在他的回忆文章中说：当时 8 连船上的 36 人已有 24 人伤亡，却没有一个人畏惧。刘连长一面用腿掌舵，一面手握机枪扫射敌人，顽强坚韧地带着 6 名战士冲上岸边。与此同时，刘连长的战友们紧跟其后，用尽力气抢占了敌人的滩头阵地，掩护其后的梯队五个连相继登上大练岛。

朱绍清军长在回忆文章中说：此时兵力虽是敌众我寡，但由于大台风过境，倾盆大雨瓢泼而下，凌晨的天空显得天昏地暗，尤其持续的暴风雨袭击，导致了龟缩在据点里的敌人陡升恐惧之感，错过了最佳的逃跑退却时机，眼睁睁地看着解放军官兵踏上岸滩，朝着岛礁据点奔去。247团主力抓住这一良机，大胆地发起猛烈攻击，于14日拂晓前攻占了岛西部高地，歼敌一个营，继而奋起进攻后，强压敌人于岛东南角之卫营山。敌人在我大军压境下不得不乖乖举枪投降。当天下午3时，247团首长派出8连副指导员苏守良，带着通信员华宝贵，到敌人714团部受降。紧接着，敌人714团团长陈磊带着800多名官兵放下武器举手投降，大练岛宣告解放，用鲜血染成的红旗也在大练岛上迎风飘扬。

在同样的时间段，82师245团攻克了草屿岛，歼敌73军工兵营一个排，俘虏敌人20多名。252团攻占庯屿岛，250团攻占结屿岛，铲除平潭主岛西面和南面进攻航道上的障碍，为28军总攻主岛平潭创造了有利条件。

三

狂劲的大台风过去之后，平潭岛四周的海面上风平浪静。咆哮的风波巨浪，渐渐趋于舒缓温和。都说彩虹总在风雨后。海天一色的洋面上，飞跃海空的彩虹光耀夺目，灿烂辉煌，给胜利在握的28军指战员无比舒心的享受，前两日暴虐的台风、狂雨、巨浪强烈冲击留下的恐怖印象，瞬间就被色彩斑斓的彩虹冲淡。然而，大多来自北方和内地的指战员万万没有想到，东南沿海的阳历9月（阴历八月），往往在大台风、大暴雨过后，气温陡然上升到三十七八度，让驻扎在野地帐篷里的指战员燥热难耐。海面纹丝不动，激浪远离了岛礁，海风停止了呼吸，碧波断裂了摇摆，秋风藏匿了身形，诗情画意的海面顿时让人们失语。

28军的军事战斗还在进行。

9月15日20时30分，被白日燥热围困了很久的指战员，此时终于可以感受到一阵阵凉爽的海风吹拂。然而瞬间，他们的心思就必须回到战斗上。244团、245团、247团和250团，加上251团一个营，被朱军长任命为第一梯队；246团和251团一个营、252团为第二梯队，对主岛平潭发起了声势浩大的总攻。

那是多么激烈的海上战斗啊！

高远旷达的海空中，弯弯的上弦月凸显在深远的天幕上，几分皎洁，几分明净，月亮的一半被照亮，为半圆形。弦在左，弓背在右，周边闪耀着可以数得清的十几颗星光。浩瀚辽阔的海面上，在28军炮兵团强大威猛的炮火掩护下，一艘艘离岸的木质大船如飞箭似的由西、南、北多个方向驶出，可谓千帆竞发，百舸奋争，乘风破浪，一往无前。244团和245团于平潭岛南边之钱便澳东西两侧同时强硬登陆，首先消灭了固守在海边上滩头阵地的敌人，在短时间里，乘胜直取平潭城。一路上虽说也有敌军顽抗阻击，却被英勇无畏的解放军指战员从不同方向包抄打击，纷纷溃逃。16日2时，244团直接抢占城堡。紧接着245团也从侧翼攻入城内。战斗进行得异常激烈。顽抗的敌73军、74军因为事先准备了许多粮食和弹药，以为防守十天半个月没有问题。然而战端一开，城内敌人的心理防线首先被解放军强大的气势所摧毁，尤其是听说几个滩头阵地被解放军很快抢占，畏惧恐慌的心理如战火中燃烧的烟云那般弥漫全身心，顽抗了一阵子，就全面溃败。其中一大部分敌兵是被溃逃的敌74军、73军残部进驻平潭岛后强抓壮丁而被迫当兵的，基本上都是乡村里受苦受难的渔家子弟或农家子弟。这些兵丁一旦听说解放军是穷人的队伍，国民党因为腐败透顶而失去民心，也就觉得没有必要再为国民党卖命打仗。他们见机不妙，丢下枪支弹药向平潭城北部潜逃。我28军军部派出的侦察员，第一时间发现溃逃的敌人一部逃往观音澳，大部朝着流水渔村港口方向逃跑。带队逃跑的敌人军官可能受到台湾李延年司令官的所谓“支援”的哄骗，便有了从海上乘坐军舰逃往台湾的企图。朱绍清军长得知这个情报后，当即向各个进攻的战斗团发出迅速追击敌人的军令，要求244团一部乘胜攻打娘宫半岛，将守敌全歼，一部向流水方向进攻。要求245团一部乘胜攻打观音澳，全歼守敌后，迅即朝流水方向追击逃敌，务必在短时间内拦击海上逃跑的敌军。

为了打好这场战斗，朱绍清军长指挥从平潭岛西面进攻的250团和247团（含251团一个营）分别由结屿和苏澳、罗澳登陆，250团登陆后直取韩厝，与攻城的244团会师后，朝着流水和君山高地方向进攻；247团（含251团一个营）由苏澳、罗澳登陆后，首先荡平在桃花寨、青峰岭一线的敌人，之后沿着北海岸直取排塘兜，再朝着流水方向发动猛烈的进攻，消灭驻守在君山的守敌。在朱军长的谋划部署中，上面四个团追击敌人于平潭岛东北部的流水、王爷山、白犬山，将敌人包围在流水、君山地区。战斗打得还算顺利。可是敌人依托预设阵地工事负隅顽抗，等待海上军舰接应，好像是病入膏肓者被注入了强心剂似的，非要做出一番垂死挣扎的样子，给人民解放军加大了进攻的难度。双方攻防战斗变得异常激烈。同日上午9时许，海峡东岸驶来一艘敌人军舰。守敌看见后一时如获救命稻草，迅即疯狂起来。敌人哪里知道，这个敌情其实早在朱绍清军长和其他军首长的意料之中。朱军长从望远镜中发现敌舰企图靠岸，当即下令我军炮兵部队向着敌舰开炮轰击。隆隆炮声伴随着浓烈的硝烟烽火，让敌舰顿时吓得赶紧掉转方向，加速朝着原海路方向逃窜。虽然这只是一个不大的动作，却给了流水、君山地区的敌人守军一个沉重的打击。他们像泄了气的皮球一样，顿时感到待援无望，逃生无门，也就完全失去了意志力和战斗力，特别是那些被抓壮丁的兵丁，个个像暴晒之后腌卷了的菜叶，显得心灰意冷。尽管敌人长官采用奖励光洋银圆的手段，企图挽回军心，却也是瞎子点灯白费蜡。我军进攻的四个团指战员们抓住这一有利的战机，形成强大的炮火和轻重机枪火力，很快取得了战斗的胜利。朱绍清军长在他的回忆文章中说：至9月17日，除敌军73军和74军个别头目在敌占东庠岛之敌掩护下乘小木船逃走外，其余敌人全部被歼灭或者被俘虏。尤其是那些被抓去给国民党军队当壮丁的渔家和农家子弟，个个放下武器举手投降，其中不乏投诚起义的部分官兵。部分家庭困难的渔家、农家子弟，在接受教育后被放回家中农耕或者渔耕。还是在17日，在朱绍清、陈美藻等坚强有力的领导指挥下，250团以强大的火力攻势攻克了东庠岛，俘敌73军238师270多人，平潭战役遂告结束。是役，28军参战部队伤亡161人，失踪13人；共毙伤俘敌8132人，其中俘敌7734人，迫敌投诚273人，缴获敌人全部武器装备及战备物资，为10兵团南下夺取漳（州）厦（门）战役的胜利，创造了有利条件。

四

烽火硝烟渐渐散去的平潭岛四周，又恢复了它昔日金乌西坠、玉兔东升的常态。当滚圆滚圆又十分通透的鲜艳朝阳，从平潭岛遥远的海面跳跃奔腾至海空喷射出万丈霞光的那一刻，生活在这里的人们无疑会感受到美好的一天从这里开始。现在，平潭岛解放了，军民们欢欣鼓舞，奔走相告，喜气洋洋。在平潭战役中，平潭地下党组织、游击队和人民群众，紧密配合28军作战，为部队当向导，拥军支前，尤其是征集到的大量民船和船老大、船工，可说是辛勤工作，劳苦功高。朱军长通过与当年新四军、华野老首长，时任中共福建省委书记张鼎丞的联系，很快也同中共平潭县委李书记接上了头。于是军地领导们组织召开了隆重庆祝平潭县解放的军民联欢会。平潭县民间戏曲表演和歌舞节目闪亮登场；28军说唱和曲艺节目更具鼓动力，尤其是军民们进行的绕城大游行，让老百姓看着看着就热泪盈眶，高呼口号……

朱绍清军长、陈美藻政委等28军首长，按照惯例，在每一场大的战役结束之后，进行认真的总结，缅怀在战场上光荣牺牲的英烈；召开庆功大会，表彰先进模范和立功受奖人员。在平潭战役中，247团4连6班班长、共产党员叶栋良同志，平时对革命事业赤胆忠心，作战一贯英勇顽强，敢于亮剑，冲锋在前，深受首长赞扬和同志们爱戴，在解放平潭的战役中，他带头跳下水，因为风浪太大而不幸以身殉职。军党委做出决定，特别追认叶栋良为人民英雄，并且授予他生前所在的班“叶栋良班”的荣誉称号。

247团3营8连在攻打大练岛的时候，虽然困难很多很大，却想尽办法登陆成功，对迅速歼灭岛上的敌人起到极其重要的作用。28军以军党委的名义上报第10兵团党委，再报华东野战军获得批准，于1950年4月20日由10兵团发布命令，授予247团8连“大练岛连”的荣誉称号。

五

朱绍清原名朱继勋，因参加红军后与红六军军长邝继勋同名，改为朱绍清，字霖焕。1913年1月10日出生于湖南省华容县东山乡栗树屋场的一个贫苦农民家庭。朱绍清在两岁的时候过继给伯父朱国祥为子。朱国祥拥护共产党，在他的家中经常召开地下党秘密会议，这对其后朱绍清的人生影响很大。童年的朱绍清是一个放牛娃，性格刚强，肯动脑子，聪慧过人。1918年正月，5岁的朱绍清上私塾接受传统文化教育；1924年春天入包家祠堂公立小学二年级读书。1926年，席卷全省的湖南农民运动势如暴风骤雨，迅猛异常，冲击着一切封建的、官僚的、帝国主义的污泥浊水。华容县东山乡村成立了农民协会。朱绍清在学校进步老师的影响下，积极投身革命活动，担任了童子军团长，带领童子军，佩戴红底黑字袖标，手提五尺长的紫红色木棍，活跃在乡村打倒土豪劣绅的风暴中；配合农民赤卫队四处巡逻，得到了极大的锻炼。

1927年4月，许克祥、何键发动“马日事变”，疯狂地对农民运动进行打压。朱绍清同许多农会会员一样，转入地下进行秘密活动。1927年9月，中共华容县委成立。朱绍清参加了童子军暴动，失败后改为组织输送各种军事情报。1928年11月，年仅15岁的朱绍清加入了共青团。没多久，他就正式参加了中国工农红军暴动队第八大队，任宣传员。1930年6月，朱绍清因为作战勇敢，冲锋在前，不怕牺牲，在战场上与敌人拼死肉搏，表现突出，转为中国共产党党员。其后，朱绍清在贺龙领导的部队里，参加了第二次解放华容县城的战斗。

1931年1月上旬，朱绍清参加了三战华容城的战斗，勇敢地与敌人进行正面交锋，甚至短兵相接，将敌人击溃。其后，朱绍清活跃在洞庭湖上，与敌周旋，用实际行动保护洪湖革命根据地；在第三次反“围剿”的作战中表现突出。

1934年10月24日，红三军与红六军团在印江会合，红三军恢复红二军团番号。朱绍清担任红二军团四师12团排长，不久又担任连长，先后参加了塔窠、龙家寨、浯溪河、陈家河、桃子溪、忠坝、龙山、李家河、板栗园等战役战斗。在忠坝战斗中，朱绍清将敌人引出工事，活捉了敌师长张振汉，几路人马强力歼击敌人41师。在贺龙指挥的龙山城攻坚战中，朱绍清率部担任攻城主力，抢占制高点。他身先士卒，勇敢地冲上敌阵，不料敌人的枪弹穿过朱绍清的膝盖骨，他忍受剧烈疼痛，顽强坚持战斗，直至最后夺取敌人阵地才下战场。

1935年9月，国民党反动派调集130个团，对朱绍清所在的湘鄂川黔红色根据地发动大规模“围剿”。为了避敌精锐，红二、六军团实行战略转移，踏上了漫漫长征之路。1936年1月，朱绍清所部担任主攻。他不幸再次负伤，却以惊人的毅力坚持战斗，直至最后胜利，受到上级首长表扬，被提升为营长。

朱绍清所部在通过天险腊子口后，进入哈达铺地区打土豪。随后遵照师首长的命令攻打县城，朱绍清第三次身负重伤，表现得极其勇敢顽强。

1936年10月，中国工农红军第一、二、四方面军在甘肃会宁大会师，伟大的红军长征胜利结束。朱绍清被提为红二军团4师10团团长。

抗战全面爆发后，朱绍清被选调到中国人民抗日军政大学学习，为第3期一队学员。1938年3月，已调任新四军8团2营营长的朱绍清，指挥2营在舒（城）桐（城）公路地段大、小关之间设伏毙伤日军20多人，打破了日军不可战胜的狂言，鼓舞了敌后抗日军民的斗志。

1939年5月中旬，新四军江北指挥部正式成立。张云逸（开国大将）兼任指挥。朱绍清参加了方毅为首的临时前委。朱绍清负责军事行动的部署和作战指挥，多次在对日军作战中取得胜利，担任了新八团副团长。

1940年2月，国民党顽固派制造了严重的反共摩擦事件。朱绍清执行上级指示精神，对顽军进行打击，迫使顽军放下武器进行谈判。谈判中，朱绍清有理有节地与顽军斗争，再度迫使国民党5个游击大队800人投降，缴获轻机枪8挺、手枪30多支、步枪300多支。朱绍清所部无一人伤亡。

其后，朱绍清又率部在打击国民党韩德勤顽军的斗争中积极作为，主动应对，沉着应战。在人民群众的支援和外围部队的配合下，以不足500人的兵力，坚守七天七夜，使得韩德勤10个团一万余人进攻的兵力不能实现战略意图。接着，朱绍清又率领部队在半塔保卫战中合击顽敌3000多人，取得半塔保卫战的全面胜利。1941年1月，朱绍清调任江北游击纵队参谋长。几年间，朱绍清又在坚持淮南敌后抗战中做出了积极贡献，在反击日伪军的“扫荡”中消灭大量敌军，同时多次打败国民党顽军、骚扰和对抗，被提为副旅长兼参谋长。

解放战争打响后，已经是4旅旅长的朱绍清，有过南下淮北，首战朝阳集的辉煌战绩，歼敌92旅全部及60旅一部，生俘敌92旅少将副旅长以下官兵5000多人。其后展开的宿北战役，朱绍清率部参加，歼敌两万多人。中将师长戴之奇自杀身亡，少将副师长饶少伟、少将参谋长张秉彝等被俘。陈毅司令员写诗赞扬：“敌到运河曲，聚歼夫何疑？试看峰山下，埋了戴之奇。”宿北战役后，根据中央军委指示，朱绍清所在的4旅被整编为华东野战军第二纵队第4师，朱绍清升任师长，高志荣任政委。

其后，朱绍清和高志荣领导的4师，气势更旺，火力更猛，战斗力更强，官兵们一听说有仗要打，个个如咆哮的海浪。写请战书的有，上台表决心的有，划破指头写血书的也有。于是，山东诸战、淮海战役、吴淞战役、渡江战役、解放上海、挺进闽北、福州战役……真可谓所向披靡，屡战屡胜。

可是，平潭战役取得大胜，朱绍清军长松了一口气，却因劳累过度而突然身患重病，他本来要参加南下漳厦战役，便无法出征。他留在了福州休养。

身体康复后，朱绍清军长就奉命参加了闽北与沿海一线的剿灭山匪、海匪战斗，击毙了“中华救国军闽北指挥部”总指挥刘午波，俘虏了山匪司令黄忠贞，解放了光泽、将乐、泰宁、建宁4座县城。面对沿海一线海匪，朱绍清先后下令发起40多次战斗，将西洋岛、三都澳等大片海域的2200多个海匪歼灭。特别是指挥部队再次登陆平潭岛，消灭了岛内的匪患与暴徒近千人。合计共歼击八闽各地匪徒7万多人，受到了毛主席1951年2月26日发给10兵团的专电嘉勉。

在战争年代，朱绍清曾经3次进入军校学习，却因工作需要，特别是战争需要，没能够完整地将课程学完。1951年9月，根据组织需要，朱绍清参加了南京华东军区短期高级干部训练班学习。那些军长师长们，个个身经百战，驰骋疆场，杀敌无数，聚集在一块讨论战役战例，争论起来互不相让。即便是儒雅的朱绍清，争论到兴奋时也是声震校园，颇显豪气。在陈毅司令员布置的考试中，军兵种全部考题计250道，能够得到4.5分者寥寥，朱绍清却一题不错，获得满分5分，得到奖品3件。

1955年1月，朱绍清调任中国人民解放军第31军军长，政委为汪少川。恰好这一年全军实行授衔制。朱绍清被授予开国少将军衔，荣获二级八一勋章、二级独立自由勋章、一级解放勋章。

杨国栋，中国电影评论家学会会员，福建省作家协会会员。曾在《人民日报》《光明日报》《文艺报》等40多种报纸期刊和多家出版社发表和出版小说、散文、报告文学、影视评论等作品400多万字。电影评论多次获得全国、全军一、二等奖；电子音像作品《倾听八闽红色故事》获全国一等奖；对外宣传论文两次获得国务院新闻办公室主办的《对外宣传通讯》一等奖。

寻找刘尧宸：黄埔军校平潭籍将军（散文）

◎ 魏道兴

中国人民革命军事博物馆，位于北京市复兴路 9 号，是向国庆十周年献礼的首都十大建筑之一，藏品宏富，包括镇远舰铁锚、叶挺指挥刀、解放军第一辆坦克等重要历史文物。早些时候，馆内介绍人物的展柜，大多按各个时期陈列，但只有两个人的展柜单独陈列，一位是刘尧宸，另一位是杨虎城，可见其殊荣。

对刘尧宸的身份，展柜介绍较为简单："孙中山卫队参谋长。"在他的故乡，也鲜有关于他的痕迹，提到这个名字，很多人都一脸茫然。

一

刘尧宸，字俊辉，福建平潭人，1894 年出生于县城夏致街一户官宦人家。祖籍闽东霞浦县，祖父刘长泰，咸丰年间担任海坛水师右营守备；父亲刘继馨，曾为清朝秀才，因家道中落，以卖画代书为生。

刘尧宸自幼聪颖过人，疾恶如仇，以"7 岁闯公堂"闻名乡里。当年，他的父亲因替穷人打官司而得罪权贵，含冤坐牢，年仅 7 岁的他随叔伯来到福州探监，竟上州府衙门击鼓鸣冤，惊动府台。府台见是小孩，笑问他有何冤。刘尧宸理直气壮，回答四句："父抱不平，钱欺不平，案断不平，狱关不平。"府台暗暗称奇，详细询问，复查案件，终使其父亲无罪释放，恶人也受到应有的惩罚。

少年时代，刘尧宸就读于福州培元书院。1911 年 4 月，革命党人为推翻清王朝统治，在广州发动起义，不幸失败，100 多人血洒黄花岗，其中近一半为福州籍人士，包括林觉民、刘元栋、方声洞等人。年轻的刘尧宸受到极大震动，遂秘密加入孙中山领导的中国同盟会。10 月，武昌起义爆发，17 岁的他组织青年响应，参加光复福州的于山战役。

民国建立，刘尧宸先后进入福建陆军小学、陆军第一预备学校学习，1917 年考取保定陆军军官学校，编入第七期骑兵科。1919 年毕业后，分配到福建督军李厚基部，任见习军官。空有一腔报国热血的他，却只能为军阀服务，自然心有不甘，不久投奔福建靖国军总司令方声涛——方是黄花岗烈士方声洞的哥哥，和刘尧宸同是老同盟会成员。

值得一提的是，保定陆军军官学校，是中国近代成立最早、规模最大、学制最正规的军事学府，与云南陆军讲武堂、黄埔军校并称近代三大军校，培养出无数名将，如第三期的薛岳、白崇禧、张治中，第五期的傅作义，第六期的叶挺，第八期的陈诚、罗卓英；黄埔军校创建时的教官，在有资料可查的 83 人中，出身保定军校者就有 60 人。

1920 年以后，刘尧宸追随孙中山先生，担任总统府卫队团参谋长等职。此时，孙中山正准备以两广为根据地，进行北伐，推翻北洋军阀；但 1922 年，前粤军总司令陈炯明反对他的北伐主张，发动兵变，正在前线的刘尧宸闻讯，立即回师平叛，在韶关与叛军激战 10 多天，因弹尽最终失败。

陈炯明的叛变，使孙中山决心建立自己的武装。1924 年国共第一次合作，成立黄埔军校，刘尧宸被任命为军事教官；军校组建了两个教导团，刘尧宸任第 2 团第 2 营营长。1925 年春天，为讨伐陈炯明，广州方面进行第一次东征，并大获全胜，其间，刘尧宸作战英勇，闻名遐迩。

1925 年 4 月，两个教导团合编为第一旅，又先后成立第 3、4、5 团。

后来第1、2、3团编为第1师，第4、5团编为第2师，谭曙卿的粤军改为第3师，三个师合编为国民革命军第1军，军长蒋介石，政治部主任周恩来。刘尧宸升任第4团团长，该团大部分骨干为共产党员，战斗力首屈一指。

1925年10月，广州国民政府为了彻底消灭陈炯明势力，统一广东革命根据地，为日后打倒北洋军阀、统一全国奠定基础，决定进行第二次东征。10月13日，在惠州之战中，刘尧宸的第4团担任主攻部队，遭到敌军顽强抵抗，伤亡严重，他亲率奋勇队攻城，不幸中弹，壮烈牺牲，年仅31岁。

二

惠州是陈炯明的老巢。第一次东征时，东征军绕过惠州，收复广东东部，陈炯明残部逃往江西和福建，困守惠州的陈军杨坤如部无奈献城投降。不料后院起火，孙中山先生逝世后，留守广州的滇军杨希闵、桂军刘震寰部乘机叛乱，东征军回师镇压，陈炯明重新占领包括惠州在内的大片地区。这一次，东征军决定攻占惠州，消灭陈军主力。

惠州像所有中世纪要塞那样，有着传奇般的名誉，素有“岭南名郡”“粤东门户”之称。拿下惠州，意味着决定性的胜利，因为陈炯明的精兵集中在惠州；而惠州城是有名的天险，前迎西湖，后枕东江，城墙高厚，设防严密。人们传说，自惠州要塞建成以来的2000年中，它一次也没有被攻克过。陈炯明悍将杨坤如率数千人守城，将各城门用大石封死，只留下东门作为退路，妄图凭借有利条件，与东征军对抗。

鉴于此，东征军原总政治部主任周恩来着手研究攻城事宜，与刘尧宸等将领侦察地形。最终决定，以惠州北门为主攻方向，西门为助攻方向；用炮火集中攻打北门，等炮火奏效，步兵再迅速登城。刘尧宸表示愿率领第 4 团承担强攻北门的任务。

12 日，刘尧宸接到命令，要求第二天攻城，并组织一支 200 人的奋勇队（敢死队）。第 4 团召开大会，刘尧宸一身戎装，进行了慷慨激昂的战前动员，号召战士自愿参加奋勇队，结果报名人数达到 260 人。他着手整队，连夜进行了简单的攀登云梯训练。

大战在即，刘尧宸不免思绪万千。惠州易守难攻，敌人兵力雄厚，居高临下，东征军纵然士气高昂，要以少胜多，攻下城池，战况必将十分惨烈。但十多年戎马生涯，出生入死，此番更是为革命而战，又岂有一丝一毫的畏惧？他还带头写了遗嘱，破釜沉舟，激励士气。

13 日上午 9 时 30 分，指挥部下达了总攻命令，炮兵开始炮轰惠州城。空中出现一架飞机，向城内散发传单。到了午后，北门城楼已被摧毁，城墙也被炸开十几处缺口，正是进攻的好机会，第 4 团在号角中发起一次次冲锋。

进攻北门需要通过五眼桥，而敌人依仗高城厚墙，居高临下，用密集火力封锁住桥，冲向城墙的勇士一批批倒下。可是官兵们奋不顾身，一排人倒下了，下一排人接踵而至，战况极其惨烈，直到 15 时，前线步兵才冲到城下。

17 时，在炮兵压制下，敌人的火力减弱许多，东征军中路指挥何应钦命令刘尧宸立即组织登城。但敌人对着城门布置了两挺重机枪，冲上去的士兵像镰刀割白菜一样，被扫倒一片。副营长、党代表谭鹿鸣指挥奋勇队进攻，但很快就牺牲了。260 人的奋勇队伤亡已经过半，情况十分危急。

刘尧宸急了。毕业于保定军校骑兵科的他，内心一直有股骑兵特有的热血，此刻骤然血脉偾张，让副团长代为指挥，自己和连长陈明仁、陈赓一起上阵，想亲自带人攻城，挽回局势。他从皮套里拔出手枪大声喊：“敢死队，敢死队，我们不敢死，谁敢死？有主义之弟兄们，不要怕，速从我来！”

司号员吹了好几遍冲锋号，刘尧宸等人冲过了桥，到了离城墙很近的地方，还带来八架竹梯。敌军猛烈的弹雨肆虐着，士兵们一个个倒在桥下，掉入河中。当刘尧宸率奋勇队爬梯登城时，“哒哒哒”一阵机枪声，他被拦腰射进一排子弹，顿时血流遍体，但仍然挺立着，大声疾呼登城。

陈明仁见刘尧宸中弹，急忙扶住他的腰，大喊：“团长！团长！”没有回答，团长像一堵墙般坍塌了。陈明仁心如刀绞，背起团长就往后撤。而刘尧宸一直没有恢复知觉，他牺牲了。何应钦见伤亡惨重，下令停止进攻。

入夜，蒋介石、周恩来等人加紧研究战况，蒋介石向周恩来提出放弃攻打惠州，改进攻海陆丰；但周恩来坚持继续攻打惠州，并提出三面合击，留一出口让敌人逃命的战术。第二天黎明，确定了新的总攻方案，周恩来召集各团党代表开会，要求发动更多的共产党员和共青团员参加奋勇队。

14日下午，再次发起总攻。在第7团党代表蒋先云建议下，点燃泼了煤油的稻草，滚滚浓烟飘向北门，挡住敌人视线；时任炮兵营长的陈诚，第一炮就打掉了敌人隐蔽的机枪位。攻城部队在党旗和军旗引导下，抬着梯子，以锁链形队列有序推进。敌人慌了，从城墙上倒下滚烫的焦油和开水，投下石头和滚木，甚至还有装满了炸药的手榴弹。

15时50分，陈明仁的连搁好了第一架竹梯。陈明仁头戴宽边草帽，腰缠数枚手榴弹，手持驳壳枪爬了上去，往墙内扔出一枚手榴弹，爆炸声后，第一个登上城墙。墙头顿时落下好几架梯子，官兵们敏捷地往上爬。陈赓的左脚被子弹打伤，他忍痛用手拔出弹头，继续战斗。几乎同时，蒋先云的第7团攻破了西门，但他本人也负伤三处。

16时许，东征军占领惠州，歼敌数千人，守将杨坤如战败逃命，在逃跑中被打伤。此时城郊弹痕累累，城墙脚下，到处是士兵的草帽、大檐帽和鞋子。刘尧宸牺牲的五眼桥血迹斑斑，离桥几步远的地方躺着许多遗体。在付出600多人伤亡的代价后，国民革命军的旗帜终于飘扬在惠州城头。

三

刘尧宸是东征中牺牲的最高级别将领，因其牺牲得早，史料记载不多。虽然生前的职务不算高，但他是黄埔军校和国民革命军草创时期的栋梁。他亲手带出的第4团，1928年北伐结束后，改为第1军第1师第2团，抗战胜利后，整编为第1师第1旅第1团。他的同袍与学生，活下来的，不少成为国共两党的元老级人物。

五个教导团的历任团长，同时也都是黄埔军校的军事教官，刘尧宸是其中唯一阵亡的。而第1团团长何应钦，后任第1军军长，抗战及以后，任中国远征军总司令、陆军总司令、国防部长；第3团团长钱大钧，后任第3师师长、第13军军长、军委会侍从室主任；第5团团长蒋鼎文，后任第9师师长、第2军军长、第4集团军总司令。

陈赓与陈明仁，是刘尧宸最钟爱的学生和部下。陈赓历任红1师师长、八路军129师386旅旅长、解放军第4兵团司令员、“哈军工”院长，1955年被授予大将军衔；而陈明仁历任国民党预备第2师师长、第71军军长、第1兵团司令，1949年在长沙起义，和平解放湖南，后任解放军第21兵团司令员、第55军军长，1955年被授予上将军衔。

刘尧宸平日体恤部下，作战身先士卒，惠州之战前带头写下遗书，令陈明仁永生难忘。日后，他带兵参加抗战，反攻龙陵、十战松山，九死一生，战前也会写好遗书。据黄埔同窗回忆，陈明仁将军傲骨如鲠，从不把上司放在眼里，但时隔几十年，仍然对早已牺牲的刘尧宸团长倍加推崇。

四

惠州北门——朝京门，高大雄伟，极具宋城遗韵。附近城墙是战斗最激烈的地方，如今车水马龙、绿树成荫。它们都矗立在城市的喧闹中，只有东征纪念公园和东征阵亡烈士纪念碑无声地提醒人们，这里发生过惊心动魄的战斗。

惠州城墙号称攻不破的城墙，但由黄埔师生为骨干组成的国民革命军，却把它攻破了。这是一支国共合作领导的新型军队，有打倒列强、除军阀的气概，有为革命、为统一不懈奋斗的信念。第二次东征也成为国共第一次合作的经典战例，使广东革命根据地基本统一，为第二年开始的北伐战争奠定了后方基础。

国民革命军攻克惠州后，为刘尧宸和阵亡将士举行追悼会。现场军号震天，军礼整齐。周恩来亲自宣读祭文，并发表演说；军校苏联顾问切列潘诺夫在演说中，对刘尧宸加以褒扬："……你的战斗功绩载入中国革命史册，它将成为中国青年的典范。"

惠州之战后，广州国民政府追赠刘尧宸为陆军中将。1980 年，福建省人民政府追认刘尧宸为革命烈士。1983 年，中华人民共和国民政部亦批准其为革命烈士。

东征阵亡烈士纪念碑，位于惠州五眼桥北侧战场旧址，碑高 8.9 米，碑座宽 3 米，以炮弹模型作围栏。碑座左右，刻有此役牺牲的 241 位烈士英名，其中第一个名字，就是"中将刘尧宸"。

刘尧宸的遗骸，则葬在黄埔长洲岛的东征阵亡烈士墓园，这里也是黄埔军校旧址的一部分。墓园面朝珠江，依山而建，气势雄伟，金秋时节，小叶桉树缀满黄花，地面遍洒金黄，又因造型与黄花岗烈士墓相似，有"小黄花岗"之称。当年刘尧宸正受黄花岗烈士精神感召，投身革命，不免令人遐思。墓后的记功坊内，镶有三块石碑，其中之一为“陆军中将刘君墓碑”，刻有刘尧宸的生平和牺牲经过。

刘尧宸故居位于平潭城关夏致街6号，已被列入福建省第一批革命文物。中轴线自西至东，依次为前宅、院子、大厅，两侧为书院、住房，后为附堂。遗憾的是，因年久失修，已很破旧，原貌杳无踪影，只有院子里一口老井裹着青苔，写满这座老宅的沧桑。

参考文献：

[1] 福建省平潭县地方志编纂委员会编：《平潭县志》，方志出版社，2010.10。

[2] 平潭县政协学习文史委员会编：《平潭文史资料第十四辑：北伐功臣刘尧宸》，2005.7。

[3] 吴定贤，叶洪添：《第一次国内革命战争时期国民革命军第二次东征》，《惠州学院学报》，1981（2）：90–95。

[4] 张光宇:《第一次国共合作时期的国民革命军》,武汉大学出版社,1989年。

[5] 胡博：《随谈黄埔军校教导团的历史》，《环球军事》，2011（14）：48–49。

[6] 李岚：《黄埔军校教导团的组建及早期人事分析》，《黄埔》，2006（5）：46–48。

[7] 曹剑浪：《中国国民党军简史》，解放军出版社，2010。

魏道兴，平潭作家协会会员。毕业于福州大学经济学专业，在校期间曾任福大“野风”文学社副社长。现供职于平潭综合实验区税务局。

海魂

——遥祭江继芸（散文）

◎ 杨际岚

一

冬日。灯下，翻阅“海峡诗会”资料，读到席慕蓉的《谢函》，油然想起14年前的往事。那年，台湾诗人席慕蓉应邀访闽，在福州和泉州活动之后，抵达厦门，随即游览集美学村和鼓浪屿。著名诗评家陈仲义、诗人舒婷夫妇专程到鼓浪屿码头迎候。“海上花园”的美景，让席慕蓉赞叹不已，幽默地对舒婷说，真是羡慕她也嫉妒她，能拥有这样一处绝美的故乡！当晚，在下榻宾馆，从阳台上眺望，海浪翻涌，波光粼粼，远方，岛屿横卧若隐若现，渔船亮着暖黄的船头灯，一闪一闪地横过海面。面对迷人景色，席慕蓉不禁慨叹，多么美好、多么平安的夜晚啊！福建省文联、作协、《台港文学选刊》等联办了十届“海峡诗会”，多次邀请台湾诗人来闽，行程大多安排在厦门。厦门湾，鼓浪屿，演武大桥，滨海大道……洛夫，余光中，郑愁予，痖弦，张默，向明，大荒，陈义芝，白灵，焦桐，詹澈，张国治，尹玲，古月，陈育虹……数十位台湾诗人畅游鹭岛，对这片海域，这番美景，都留下难以忘却的深刻印象。

二

一二百年前，有些来自遥远国度的人们，也曾对那里产生了特殊的兴趣。牧师郭士立在《中国沿海三次航行记》中，这样写道："由于港口优良，厦门早就成为中华帝国最大的商业中心之一，又是亚洲最大的市场之一。"他又说："午后，我们走到厦门城郊的一座最高的山头极目远眺；港口的岛屿星罗棋布，金门岛在远处历历可见，山峦起伏，村庄纵横，全城展现在我们的眼前，这种幽美的风光使我们心旷神怡。啊！什么时候这个人烟稠密的城市才能归于主呢？"染指这片美好河山的企图，丝毫不加掩饰。伦敦东印度与中国协会致信英国外交大臣巴麦尊，提出："假若认为台湾占领起来太大，那厦门包括金门岛，可以给我一个良港，可以控制，并可以据以劫取台湾商业。"安德鲁·韩德森更是扬言："对于中国和对于一切软弱的政府一样，勇敢地施用武力可以收到意外的效果。"巴麦尊直言不讳：战争开始后，英军立即封锁广州等处海口，占领厦门作为"供应中心与行动基地"，"将来也可以作为不列颠商务之安全根据地"。鸦片战争中，这些不速之客，迅即将贪婪的欲望付诸行动了！

历史定格于 1841 年 8 月 26 日。厦门湾顿时成为战场，硝烟弥漫，炮火连天。"厦门的争夺主要是一次海战，兵舰对着那些巨大的炮台进行了四小时连续不断的炮击。炮击确实是壮观的。从战列舰两侧射出的一连串的火和烟异常猛烈，一刻也不停。仅'威里士厘'号和'伯兰汉'号就各自发射了一万二千发以上的炮弹，更不用说快速舰、轮船和小船了……"（麦克法森《在华二年记》）在入侵者的坚船利炮的猛烈攻击下，鼓浪屿失守。闽浙总督颜伯焘赶忙下令"所有分防各将领等，交金门镇江继芸竭力支持"，自己退往同安。那时，"会夷船桅上飞炮自空中坠，颜伯焘、刘耀椿即退回。总督一退，军心皆乱"。侵略者眼中，那炮击确实"壮观"，而对于厦门守军，那却是巨大灾厄！面对横祸，江继芸无所畏惧，始终在“竭力支持”，率众“抵抗得十分顽强”，直至以身殉国。

三

关于江继芸之死，说法不一。事后，钦差户部右侍郎端华奉旨调查，奏章详述水操台战况之署参将陈胜元供称：“七月初九日申刻，突有逆夷船数十只，驶到大担。初十日辰刻，该夷船三十四只一齐起篷，由南太武山迳扑厦港。各处弁兵开放大炮，并力夹击，先后经水操台、大炮台、鼓浪屿、屿子瓦等汛，打沉火轮船一只，兵船五只。维时南风盛发，愈打愈急，并放下杉板船多只，夷众纷纷向各处四散上岸。我兵分头截杀，伤毙逆夷多人，夷匪退而复进者数次。迨至日暮，夷匪数千，四面围杀，总兵江继芸追贼落水，游击张龙奋力追捕被杀，把总李启明、杨肇基、纪国庆及兵丁四十余名，登时阵亡，其余弁兵受伤甚多。陈胜元被伤仆地，各弁兵抬扶，回守后路等语。”其他“接仗之员弁”也接受讯问，均一一亶告，情状大同小异，但没有具体描述江阵亡情形。上引当事人陈胜元陈述经过，钦差端华据实上奏，“追贼落水”的说法应有一定可信度。《平潭县志》（1922 年版）叙述更为详尽：“继芸奉调赴援，战于水操台，身先将士，奋勇杀贼，贼船驶遁。急追之，耸身跃入贼船，撑拒移时，后援不继，受重伤落水殒命。”此为第一种说法。

第二种说法，见诸多种史籍。《清史稿》：“七月，英舰泊鼓浪屿，集水陆师御诸屿口，炮毁敌舟，而敌已扑炮台登岸，陆师先溃，继芸急赴援，中炮落海死。”《夷氛闻记》：“咽喉调金门镇江继芸，陆路提督普陀保分防要隘。继芸战败，落水死。”《中西纪事》之《闽浙再犯》：“金门镇总兵江继芸抢护炮台不及，被夷炮轰击落水死。”

而在某些外国人的描述中，则是投海捐躯。这是第三种说法。柏纳德说江是“一声不吭地跳水溺死”，麦克法森称江“以最镇静的态度投海自尽”，宾汉《英军在华作战记》这样写道：“他一见到战争失利就从一个炮眼里走出来自溺而死。”陆嵩《听闽客谈厦门死事诸公本末记之诗》云：“何人拒贼誓死战，金门总兵江继芸。从而起者副将凌，都司王公勇绝伦。水师把总李杨纪，或鲸腹葬或刀飧。浩然正气留乾坤，天阴月黑来忠魂。”当时场景，后人难以完全还原。然而，无论追贼落水，或者中炮落海，还是投海自尽，按史书所说，均为“阵亡”“殉节”，全都表明，面对凶虏，江继芸等毫无惧色，“拒贼誓死战”，决不退缩半步！身为战将，陷入敌强我弱的绝境，毅然选择喋血疆场，直至生命最后一息，“浩然正气留乾坤”，何等忠勇，何等坚贞！他以死战报效社稷宗庙、黎民百姓。

四

厦门失守后，钦差大臣怡良曾奉旨查讯，密奏：“伏查闽省治海府县，随在皆有要隘，而厦门孤悬海外，为海道必经之所，然袤长三十里，乃是海中一岛，并无城池障蔽。”闽浙总督颜伯焘属于主战派。他“意气甚锐”，既反对广东琦善一意“主和”，“弛备撤防，开门揖盗”，又轻易否定前任邓廷桢采取“以守为战”的策略，认为“守而不攻，则我劳而彼逸，彼省而我费”，“势不能剿尽横逆”，因而，力主“重兵扼要”“水陆兼备”，并出海进攻。《清史稿》载：“天培等皆以琦善不欲战，无援，故败，海内伤之。而福建总兵江继芸又以颜伯焘促战而亡。”史学家范文澜先生称颜伯焘“自满自信”，“但比投降派要好得多”。“好得多”的督抚，却何以办不成较投降派“好得多”的事？显然，清朝江河日下，颓势难违。1840 年英国政府发动鸦片战争。7 月定海沦陷后，清廷对抵抗发生动摇，迅速转向妥协投降，林则徐、邓廷桢等人被革职查办。道光帝竟称：“乃自查办以来，内而奸民犯法，不能净尽；外而兴贩来源，并未断绝。甚至本年英夷船只，沿海游奕，福建、浙江、江苏、山东、直隶、盛京等省，纷纷征调，糜饷劳师，此皆林则徐等办理之所致。”他指斥：“唯该督等以特派会办大员，办理终无实济，转达别生事端，误国病民，莫此为甚！”于是乎，“著交部分别严加议处”，“特加惩处”，云云。后来便“均著部议革职”。真是欲加之罪，何患无辞！抵抗竟成了“别生事端”！没过多少时日，道光帝还驳回邓廷桢、吴文镕早先关于诸防堵一折，严词训令：“所有该省雇募水勇，租赁渔船，著酌量裁撤，以节浮费而昭核实。”水勇和渔船大多被裁撤，战斗力顿时大损。加以福建水师提督窦振彪“以广东甫经议抚，现当无事，恐盗踪未灭仍行出洋巡缉，逾月未归”。那边裁兵撤船，这里出洋巡缉，余下单薄兵力，何以御敌？值此危急关头，主帅畏敌退却，军心随即动摇，独木难支，怎能“竭力支持”！再论这道谕旨，尤其令人错愕的是，道光帝一方面轻描淡写地将英舰游弋东南海疆，称为“该夷仅只困守，并未敢四出滋扰”，另一方面，却借题发挥，斥责“邓廷桢等所称腹背受敌，未知所受何敌”。他竟说英方人员“颇觉恭顺”，“不日即可戢兵”，反倒质问“邓廷桢等所称该夷猖獗，不知在何处猖獗”。结论居然是：“总因该革员等种种办理不善，遂费周章。”居然诿过于奋起抵御外侮的一代忠烈。清廷如斯腐败，昏庸无能，一味妥协投降，正是入侵者口中的“软弱的政府”，招致江继芸等一批爱国将士付出血淋淋的代价。英国侵略者“施用武力”，果然“收到意外的效果”。鸦片战争以丧权辱国落幕。中、英《南京条约》签订后，广州、厦门、福州、宁波、上海被辟为通商口岸，开创了西方列强逼迫中国开港的先例。

五

江继芸海中生，海中长，毕生与大海相伴。他于1781年出生于平潭侯均区五福境，行伍出身，弱冠时从军，编入福建水师海坛镇。四十载戎边护疆，历任额外外委、把总、千总、守备、都司、游击、参将、副将、总兵等职。平潭，与台湾的澎湖列岛，广东的南澳岛，并列称为海中“三山之目”，加之金门岛，同为东南沿海上的要冲。江继芸先后在四处重镇效力。仅就最后两年，他的人生轨迹，便与上述四地完全叠合：道光十九年（1839 年）九月，任台湾水师协副将；道光二十年三月，署理广东南澳镇总兵；道光二十一年三月，任福建水师海坛镇总兵；道光二十一年五月，任福建水师金门镇总兵。他的戎马生涯，和林则徐、邓廷桢、关天培等名臣良将融合在一起。每次升迁、调任，均为上峰保奏。先是，以“继芸年健技练，熟谙水务，屡经巡洋，获盗多名，著有劳绩”，“于台地洋面情形素为熟悉，升补台湾水师协副将”。而后，“该员才识明练，董率有方，堪胜水师总兵之任”，委署南澳镇总兵。其后，“总督邓廷桢荐其才，寻擢海坛镇总兵，调金门镇，从颜伯焘守厦门”。直至在厦门保卫战中，江继芸拼尽生命的最后一息。噩耗传开后，当地民众沿海边寻找，声嘶力竭地呼唤：“江大人回来呀！”第三天中午，他们终于找到了江的遗体。亲属扶柩回平潭。船驶抵城关渡船头，百姓自动夹道迎灵。停柩两年之久，道光帝终遣钦差大臣带恤银、葬银、祭银和祭文一道，来到平潭，为江继芸举行隆重的致祭仪式。灵柩沿途经过时，百姓跪地焚香烧纸，场景令人动容。上千人跟随灵柩抵墓园，哭喊声响成一片。江继芸墓，位于平潭北厝镇田美村东南。墓前立石碑坊，中门楣书“钦赐祭葬”，左门楣书“正气长存”，右门楣书“心昭日月”。主圹两旁石柱镌刻对联：“鹭岛一时殉大节；螭庭千载重精忠。”左右两侧墓圹刻着：“报国心常青；荣褒姓氏香。”“好教修史者；椽笔表幽光。”墓圹中存有墓志铭，书写于两片红砖上，墓早年被盗，剩下一片《武显将军江府君墓志》，写着：“呜呼！天生人，人生必有死。死有轻于鸿毛，公为国捐躯，其死重于泰山。其忠肝义胆，不特口碑载道流传罔替，而且青史纪功昭若日月。荣与辱天壤之间，予可无庸赘叙。”“嗟呼！而今而后，普天之下林林总总，寿终正寝不数而默默无闻。大人虽死犹生，有余荣矣！然而山陬僻壤黄童白叟皆知。当今皇帝钦赐祭葬之隆，概未尽知。”道尽世人对于英烈的崇敬和钦仰。道光帝赐圣旨颁祭文曰：“鞠躬尽瘁，臣子之芳踪；恤死报勤，国家之盛典。尔江继芸，赋性忠直，国尔忘身，御敌冲锋，奋勇阵殁，朕用悼焉。特颁祭葬，以慰幽魂，呜呼！聿昭不朽之荣，庶享匪躬之报，尔如有知，尚克歆享。”迟到的荣誉，总算降临英雄出生之地了。2001年12月，纪念民族英雄江继芸为国捐躯160周年大会在平潭召开。数年后，江继芸纪念馆落成。民族英雄江继芸研究会成立，相继出版《江继芸》《江继芸研究》等。如今，在英雄故乡，先烈英名“黄童白叟皆知”，“青史纪功昭若日月”。

六

回首往事，厦门保卫战中，江继芸“奋勇阵殁”。许许多多爱国将士以身殉国，让世人万分痛惜，其牺牲精神，又令人无比激奋。那时，曾写下“我劝天公重抖擞，不拘一格降人才”名句的杰出思想家、文学家龚自珍，直到辞官南归，暴病亡故丹阳之数日前，还致书江苏巡抚梁章钜，希望参加梁的幕府，共同抵抗英国侵略者，报国之忱沛然充溢。道光二十二年（1842年）七月，距江继芸阵亡一年，林则徐自西安出发赴戍伊犁，写下千古名篇《赴戍登程口占示家人二首》，诗中写道：“出门一笑莫心哀，浩荡襟怀到处开。”“苟利国家生死以，岂因祸福避趋之。”千古绝唱，倾诉无数志士仁人的忠肝义胆！壮士已矣，忠魂不灭。出生于道光二十二年的留日学者、侯官县人郭则沄，在《十朝诗乘》中称颂林则徐斯人斯文，“迹其生平，无愧斯语”。日寇侵华，1942年，周作人请郭则沄出任日伪“华北教育总署署长”，郭断然拒绝，并公开发表《致周启明（周作人）却聘书》，以明心志。这些忠贞爱国之士，唯以家国为怀，置功名利禄于度外，何尝不是“迹其生平，无愧斯语”！

斗转星移，沧海桑田。昔日烽火渐渐消散殆尽。然而，往事并不如烟。20世纪初叶，著名南社诗人陈去病，从汕头到厦门，写下《自厦门泛海登鼓浪屿有感》：“西风落日晚天晴，列岛遥看战一枰。番船正连鹅鹳阵，怒涛如振鼓鼙声。凭高独揽沧溟远，斫地谁为楚汉争？海水自深山自壮，不堪重忆郑延平！”借景抒怀，凭吊先贤。今人遥念前尘，“凭高独揽”，依旧“怒涛如振”，“海水自深山自壮”，仿佛仍在吟唱，在传颂：

鹭岛一时殉大节
蠔庭千载重精忠

（谨以此文缅怀民族英雄江继芸殉国180周年）

杨际岚，中国作家协会会员，编审，自1978年起从事编辑工作，历任福建省作家协会副主席、《台港文学选刊》主编、福建省台港澳暨海外华文文学研究会会长等，现任中国世界华文文学学会监事长、《两岸视点》编辑总监、《海峡乡村》编辑顾问等。

专辑·故园

春天的气味（散文）

◎（马来西亚）朵　拉

鲁迅在《喝茶》一文中说："有好茶喝，会喝好茶，是一种'清福'，不过要享这'清福'，首先就须有工夫，其次是练习出来的特别的感觉。由这一极琐屑的经验，我想，假使是一个使用筋力的工人，在喉干欲裂的时候，那么，即使给他龙井芽茶、珠兰窨片，恐怕他喝起来也未必觉得和热水有什么大区别罢。"

未踏上中国土地之前的南洋人，喝茶不计好坏，不论品牌，也分不清楚红白黑绿青黄茶的种类，所有的茶在南洋人口里都不过是作为解渴用途的煮开的水，喝茶和喝水无甚区别，就名称不一而已。

中国开放后，我们终于来到厦门，刚下飞机格外口渴，热情的亲戚直接把我们接到家里，在五层楼上特别隔间装修了一个喝茶室，大家坐在临海房子的露台上，一边喝茶，一边欣赏无敌海景。

茶桌上备有电水煲、小茶壶、小茶杯等精致茶具，还有茶果点心。电水煲里的水立刻煮开，小壶冲泡，一人一杯，亲戚笑说："喝茶呀，喝茶呀，不要客气。"看着小小一杯茶水，有种远水救不了近火的焦躁感。对着分离很久很久才初次见面的陌生亲戚，真话不好意思直说，我忍了又忍，最后那习惯喝凉开水的南洋人还是抑制不住喉焦唇干，不再犹豫，直截了当地要了一杯水。"当然可以呀。"亲戚即时给我一杯热水。那天喝什么茶，是什么味道，完全没印象。记得的是好不容易等到热水凉了，正要拿起来往嘴里灌，亲戚走过来说：“哎呀，这水凉了不可以喝的。”她拿走杯子，换了杯热水给我。

那个年代，无论喝茶还是喝水，皆用于解渴。鲁迅先生说的“好茶，清福”，因此离我挺远。

一直到有一回喝到一杯很特别的茶。

“请想象一朵朵已经干燥的花，让热水冲泡过后，徐徐缓缓在杯里再次绽开，让人感受到仿佛已经死过一次，又再度盛放的重生之惊喜。过了一会儿，打开杯盖，氤氲的花香味儿慢慢地飘升上来，不必喝它，就看着花儿在绿色的茶水里盈盈浮动，美好的感受便在心里悄悄地游移展现。”“从那一杯开始，它的浓馥味道不经意地深植心中。开始四处寻觅……”

为了一杯色泽清澈透亮，香味浓郁，名叫“牡丹绣球”的茉莉花茶，我写了这篇文章。

一个朋友到北京旅游回来，带一罐“牡丹绣球”送我。

北京人特别喜欢茉莉花茶。送茶的朋友反复强调，这是慈禧太后最喜欢的茶。被古人视为“天香”的白色茉莉花是慈禧的心头爱，在太后掌权的几十年间，宫内女眷唯她一人可佩簪茉莉花。现在回想，当时香水还不流行，这天然的茉莉花香气比工厂制造的香水更加清新自然。慈禧太后也时常以她爱喝的“茉莉双薰”作为赠送外国使节的礼品。

北京学者朋友告诉我，老北京传统的生活方式是从早起就喝茶，要把茶喝“通”了，这一天才舒服。北京人提到喝茶，不必细究，说的就是茉莉花茶。2013年北大孙玉石教授邀请我去他家做客，喝的就是汤色明亮、滋味醇香的茉莉花茶。被称为文学界一大“吃货”的汪曾祺先生提到他喜欢喝茶，但不喜欢花茶，却在北京喝过老舍先生最好的花茶。要知道老舍先生是出名的“茶痴”，总是一边饮茶一边写作。“我是地道中国人，咖啡、可可、汽水、啤酒，皆非所喜，而独喜茶。有一杯好茶，我便能万事静观皆自得。”有茶万事足的老舍先生每天无茶不欢，而且坚持只喝清香扑鼻的茉莉花茶。

茉莉花茶在北京等于茶的代名词，发源地却是在福建的有福之州，也就是老舍先生的好朋友冰心先生的故乡福州。老舍先生拜访冰心先生时，总是一进门就大声问：“客人来了，茶泡好了没有？”冰心先生招待好朋友的，当然是以故乡馥郁花香的茶。“中年喜到故人家，挥汗频频索好茶。”这句诗就写在老舍赠冰心的七律里。

恋上“牡丹绣球”的人本来一心想到北京喝当地土产茉莉花茶，读到这段文字，才发现是南洋人的误会。

北京人称“香片”的茉莉花茶属于“窨花茶”，正是鲁迅先生说的“珠兰窨片”。据说福州茉莉花茶的历史可追溯至2000年前的汉代，来自波斯的茉莉花通过“一带一路”到中国，最终在福州落户。福州民谣“闽边江口是奴家，君若闲时来吃茶，土墙木扇青瓦屋，门前一田茉莉花”写出当地民间喝茶闻花香的生活情趣。

茉莉花在福建武夷山人柳永词里这么美：“环佩青衣，盈盈素靥，临风无限清幽。出尘标格，和月最温柔。”在清代诗人王士禄的眼中如此香：“冰雪为容玉作胎，柔情合傍琐窗隈。香从清梦回时觉，花向美人头上开。”清代另一个诗人江奎毫不掩饰他对茉莉的钟情倾心，干脆选其为心目中排行榜冠军：“他年我若修花史，列作人间第一香。”

北宋时期，福州人将西方的洁白花儿与东方的翠绿叶子结合，窨制出花香和茶香交织的茶。当茶叶和茉莉花拼合时，“茶引花香，以益茶味”的结果，是珠联璧合，相得益彰的花香茶韵，引得古人赋诗形容“冰花舍己芳菲予，雪魄香魂尽入茶”。品尝过花香、茶香融合的味道的每一个人都赞同“窨得茉莉无上味，列作人间第一香”的美誉是理所当然。

福州茉莉花茶在历史上有两次鼎盛期，首次崛起是19世纪中，当时福州茉莉花茶的年产量达1万吨。外国商人到福州开洋行，将花茶外销到欧美和南洋，福州成为世界最大的茶叶港口，也是中国花茶生产中心与集散地。第二次的辉煌纪录是在80年代至90年代，福州茉莉花茶年加工量将近8万吨，产品远销全球40多个国家，产值超过15亿元。那是福州记忆“千家万户遍植茉莉，妇孺白首皆焙香茶”和“一担茉莉一担金”的黄金年代。

可见喜欢茉莉花茶的不只福州人和北京人，喝过茉莉花茶的外国人给的评语令人惊艳：“在中国的花茶里，可闻到春天的气味。”享誉国外的茉莉花茶，品尝过的人意惹情牵，念念不忘。美国前国务卿基辛格在回忆录里记载：“我们第一眼看见的是一排摆成半圆形的沙发……毛泽东的茶几上总堆着书，只剩下一个放茉莉花茶茶杯的地方。”他说的是1972年，毛主席在北京会见美国尼克松总统时的情景，当时大家喝的就是福州茉莉花茶。

到福州时朋友请喝茶，离开福州时朋友竞相送茶，现在明白福州朋友送茉莉花茶的原因了。

正如鲁迅先生说的：“有好茶喝，会喝好茶，是一种‘清福’。”同时要不断地“练习出来”。

从前我的喝茶，就是南洋人的牛饮。我后来时常到福州，每年起码要和福州朋友相聚几回，才从爱喝茶、会喝茶的福州人那儿，开始学会享受喝好茶的清福。

今年春天搬家，为了喝茶，我特地在新房子里装修一个茶室。每当想念福州朋友的时候，我就到茶室，拿出朋友赠送的茶，从容煮水，慢慢冲泡，小小一杯，细细地品。

冰心先生89岁时，在《我家的茶事》一文中说道：“茉莉花茶不但具有茶特有的清香，还带有馥郁的茉莉花香。”品着我家的茉莉花茶，唇齿留香之间，回味春天芬芳的茶韵花香，也让我深深思念福州朋友们美好深厚的情谊。

朵拉，作家、画家。出生于马来西亚槟城，祖籍福建惠安。出版个人文学作品集 52 部。曾获国内外各类文学奖 60 多项。曾参加国内外联展 60 多次，举办水墨画个展 24 次。

丁酉春秋（散文）

◎（加拿大）李　彦

春

9岁那年，我偶然注意到，妈妈的书架子上，摆着一套精装的《鲁迅全集》。于是，每个星期六在家独处的那个下午，《故事新编》《朝花夕拾》《彷徨》《呐喊》《野草》《且介亭杂文》，宜或不宜地，就统统进入了儿童视野。虽是囫囵吞枣，雾里看花，却透过一面复杂奥妙的多棱镜，满足了我徜徉于文学百花园的渴望。

谁知光阴似箭，半个世纪过去了，我才终于能够亲临大师故里，重拾童年梦中遗落的花瓣。

阳春三月，莺飞草长，我带领一队加拿大教育家赴华交流。京城四日，马不停蹄。参观座谈之余，见缝插针，引众人到圆明园踏青，在断壁残垣中感慨一番；到利玛窦建立的宣武门南堂，与中国信徒们同磕共拜；也曾于月明星稀时起身，陪几位兴趣盎然者一路小跑去天安门广场，挤在人山人海中看升旗。我虽疲惫不堪，但心底是快活的。

浦江畔停留数日，其繁华迷人，自不待言。此时有人宣称，更喜沪上的舒适。但多数人坚持，仍偏爱京城的悠久文化。萝卜白菜，各有所爱。在新天地浏览时，多数人被咖啡座吸引住了，仅有波特郡的教育局局长自愿随我去参观“一大会址”。本不期望他能理解什么，没想到吃惊的却是我。

"当年卡斯特罗的古巴共产党成立之初，也是中途转移到船上完成的，和中共的经历巧合呢！那时的毛泽东，才28岁啊！这十几个年轻人，都是富于改造社会的理想主义者。"他轻声感叹。

完成任务，送走了老外们，我才得以轻车简从，直奔水乡绍兴。

天亮后出行，我过沈园而未入。听说园内景物几无真迹。沿墙外潺潺流水，我径直去了故居。

老台门内外，触目皆是举着小旗、头戴旅游帽的同胞。挤在人堆里，我迫切地寻找着记忆中残留的那些温馨的痕迹，猜测那可是少年豫才睡过的床帐、捧过的药罐、阿长摇过的蒲扇、蹲过的马桶、四老爷吸过的水烟袋。

七弯八转，好不容易在一间偏僻狭小的院落里，寻得了片刻安宁。粉墙黛瓦，木雕窗棂。老旧的店面不大，四壁挂满了五彩缤纷的绣品。沈姓绣娘端庄清秀，脂粉不施，黑发在脑后挽成髻，腰系月白素裙，埋头绷子上，飞针走线。抬起头来，目光中凝聚的，分明是祥林嫂的温顺与沉静。

"村里的女人都会刺绣。家中三姐妹，从小都跟随母亲学艺。只上过小学，便在家务农了。白日里照看鸡鸭鹅，夜晚轰进笼子里，就点上油灯绣花。来老台门里摆摊，有10年了，经营的都是自家姐妹作品。现在的时光嘛，当然比小时好多了，能吃饱肚子，付得起房租，还供得起孩子读大学。不贪更多。知足了。当然也有忧虑啊。近两年，电子绣花产品冲击市场，很厉害，一尺见方的绣品，三幅才售百元。而同样大小的手工绣，一幅则需580元。可你摸摸看，手工绣出来的，和机绣的就是不一样，细得多，对吧？"

门楣上方，背光的暗影里，高悬着一幅水墨风荷，二尺有余，红花黑叶，层次分明。我一眼看中了，便要绣娘攀高取下，拂去玻璃框上灰尘，取出来用纸卷了，细细包扎好。绣娘惊异，扬起清秀的蛾眉。"哦，那是姐姐的作品。好几年了，挂上去后一直无人问津，连我都忘记了它的存在了。"

寻寻觅觅。冷冷清清。无论你等待了多久，有缘之人，终将万里迢迢来相会。

踏石问路，步入与梦境相去甚远的“咸丰酒店”，在装潢高雅的大堂里，找了个无人的角落，悄悄坐下。正午的阳光耀眼，铺天盖地泻下，洒在门外那尊孔乙己铜像上。

我一面忐忑地品尝着老碗中黄酒，细嚼着瓷碟中的茴香豆，一面就想起了多年前我教过的一位加拿大学生，珍妮。她在中国文学课上朗读自己的论文时，描述到那个匍匐在地、从破旧的大褂里掏出一枚铜子苦苦哀求的老男人，声音哽咽，泪水盈眶。我心头颤了一下。不同文化的异国女性对人物所寄予的深刻怜悯，全然迥异于我们所熟悉的嘲讽、批判。

告别了门前铜像，继续搜寻。在曲径通幽处，迎头遇见“土谷祠”“长庆寺”的牌匾。一一布施了泥菩萨、胖和尚，走出小巷，日已西斜。

站在坑坑洼洼、古朴得令人心醉的石桥头，望着脚下流水，岸边垂柳，迟迟不舍离去。正琢磨鉴湖女侠就义的“古轩亭口”该朝哪个方向走呢，丁零零，迎面便驰过来一辆三轮车。

花白的短发，棕红色脸膛，憨厚的笑容，深陷的皱纹。是晚年落魄木讷呆滞的闰土？还是怀揣一线希望死里求生的华老栓？

我想多了。六斤大哥虽在下岗后蹬了多年的三轮车，过着挣一个花一个的日子，却心态乐观，风趣健谈。一路行来，边气喘吁吁地踩动踏脚板，边兴致勃勃地为我扫盲。从春秋越国说到南宋赵构，解释了“绍兴”二字的由来，接着就考我，你可知晓何谓绍兴的“五乡”吗？不知道？好，听我来说给你吧！书乡、酒乡、桥乡、水乡、名士之乡。你们呀，只知道有鲁迅和秋瑾，我们还有王羲之、蔡元培、徐渭、徐锡麟、周恩来，很多哩！

敢问六斤大哥，可曾读过鲁迅作品？

哈哈，从百草园到三味书屋，从孔乙己到阿Q正传。想问什么，只管问吧！

嗯，我想问的是，与中国其他地区相比，绍兴人有何特点？

这回沉默了片刻，他才缓缓启口：文化底蕴厚的地方嘛，人就讲文明。我们绍兴人，说话做事，都讲诚信哪。

文豪故里，引车卖浆者，皆性情中人也。服了。

第二日清晨，我搭乌篷船去了越王台。山脚下门可罗雀，异常清静。买了票，交给守门人。老人面孔清癯，身材瘦削，坐在树荫下，捧一本书低头在读。

正欲拾阶而上，老人却从身后叫住了我。只见他递过来手中捧着的书，竟是本破旧的《新华字典》。他指着翻开的页面上那个“孢”字，问道，“无性繁殖”是什么意思呢？灵芝，算是无性的吧？听我解释完，他满意地咧开嘴笑了。我看你像个老师嘛，才来请教你哦。老人70多岁，从工厂退休后，便来公园守门，平日里最大的爱好，便是翻弄这本字典。

山上树木葱茏，浓荫蔽地，游人稀少。好不容易爬到半山腰处，才在小亭子里遇到一个歇脚的大妈。攀谈下，知她家住城中小巷，清晨上山遛弯，便聊起了久负盛名的马兰头，遗憾此行匆匆，竟无缘得见南国名菜真容。大妈闻之，慌忙起身，执意要回家，从屋檐下挖几株马兰头来，让我带回加拿大。我脑中蓦然浮现出几年前和儿子的一段对话来。

儿子在加拿大出生，3岁才开口说话。但不管他是否听得懂，每晚睡前，我都会倚在床头给他朗读中国童话。那年开车送他去哈佛。途中，儿子忽然提到，幼年时我天天拉着他的手送他去小学，某日清晨，因修路绕道，踏过一片荒草丛生的田野时，我曾对他说，中国有个伟大的作家说过，其实地上本无路，走的人多了，便成了路。妈妈，那个作家叫什么名字啊？

我陷入茫然。依稀记得那片开满了不知名野花的荒草地，但曾经对儿子说过的话，竟丝毫记不得了。

日近正午，手捧几株裹着泥土、浸着长妈妈汗水的马兰头下山。走近越王台大门时，远远瞥见树荫下老者，仍在举着那本破旧的《新华字典》，弓着腰背，孜孜品读。哦，若非孔乙己转世，还能是谁呢？

秋

转眼就是秋天了。我再次返回祖国，参加“世界华文文学联盟”在浙江大学举办的研讨会。会上诸事，转眼即忘。留在心头的，却是会后两日的“大师故里行”。不辞劳苦，万里归鸿，难道不就是因为心头这点殷殷的企盼？

细雨菲菲的早晨，大巴拐入海宁的袁花镇，缓缓穿行于狭窄的村道上。房前屋后，皆为见缝插针式的农作物。低矮的稻穗已发黄，沉甸甸垂着头，依傍着田埂上的几株玉蜀黍。棚架下吊着细长的丝瓜、翠绿的豇豆，还夹杂着一些叫不出名的蔬果。

大巴停下，迎面出现一堵高大的粉墙，便是金庸故居了。迈入静谧的大堂，抬头见到高悬的牌匾，上书斗大的黑字：进士、文魁。令人惊讶的，是故居的格局。三进老宅皆为横向宽阔，悠长一排，与北方常见的竖向进深大宅子，截然不同。同样的横向长排，以前只在北京恭王府的最后一进见到过。此种格局，气势如虹。无怪孕育了文坛一代天骄。

金庸的名字耳熟能详。我却惭愧，至今未读过其大作。只记得20世纪80年代有几个朋友，对其小说着迷之态，颇令我惊愕。我一直不能理解，神怪打杀这类文字，怎能吸引住深刻的读者。漫步在空荡荡的查家老宅里，我恍然悟到，真正的文学大家，凭作品说话足矣。如曹雪芹一样，经得起岁月的考验。那个年月，没有多如牛毛的文学奖项，也没有名目烦琐的研讨会。小说能受读者喜爱，自有其道理。

远处传来朋友们的嬉笑声，大家热闹地合影。我独自一人，沿着一条幽暗的甬道，迈入了萧疏的后园。靠墙根处，有两株树。一株是桂树，花期已过，不再飘香。另一株，却是北方常见的枣树，枝头累累，挂满金红色的果实，分外诱人。我站在树下，仰望着头顶一粒粒饱满的枣子，遥想93岁高龄的大师，可曾在港岛灯火阑珊之夜，怀念过故乡后园秋日的红枣？

步出大门，忽见一戴眼镜中年男子，擎一柄黑布油伞，沿着影壁匆匆走过，口中还喃喃自语，嗯，还真有人来呢。声音中透着不难察觉的欣慰。

大巴启动了，轻轻拂过桑林里茂密的枝条。远处，那扇黑漆大门徐徐关闭了。导游小妹说，两个月来，我们是首批来访者。

袁花村不收门票，也没有热闹的旅游商品售卖，我却独爱它门前那份寂寥。想起方才来路上，跨越杭州湾的彩虹桥时，同行一位文友曾向我解释，为何海水会是混浊的黄色。他赞叹，污泥浊水养育的鱼虾，味道才鲜美哦，并提醒道，水至清，则无鱼。言罢瞧着我，唇边挂上意味深长的一笑。

我未作声。也听说过：人至贱，则无敌。究竟是在喧嚣热闹的污泥浊水中蜕变为一道肥美的菜肴，还是在碧波清流中安详自在地独往独来呢？怕也是见仁见智的选择吧。好在上帝是公平的。至清，还是至浊，都仅有一次生命。

踏入乌镇弯弯曲曲的石板小巷，我立即爱上了它的古朴。

导游小妹心底善良，总要挑选当地最干净体面的饭铺，招待大家用餐。众人快乐地享受着轮番上桌的鸡鸭鱼肉。我却悄悄渴望着，若能品尝街边小摊上那些各具特色的地方小吃，该有多好。

春天带领加拿大教育家来华交流时，也曾遇到同样的情形。祖国人民好客，总爱用品种丰富的炒菜来表达对客人的尊重。京城四日，顿顿七碟子八碗，到了最后一天，即便对中国美食倍感新鲜的老外们，也难免生出厌倦，桌上剩下整盘整盘的菜肴，令人心疼。最后一天中午，我自作主张，把众人引入雍和宫大街边一家饺子馆里。店面狭窄拥挤，却座无虚席，皆为同胞。我点了六种不同馅料的水饺，又叫了四碟凉菜，小葱拌豆腐、黄瓜木耳、金针菇、芥末墩。结果一扫而光，大家还意犹未尽。

小巷两旁，一家接一家，摆满了烘烤霉干菜饼的炉灶，摆在铜盆里煮熟的大芋头似乎还冒着热气。见我围着炉灶，探头细看那些一寸大小的霉干菜小饼，那位文友二话不说，掏钱买一袋，分给众人尝了。

茅盾故居，无数人描述过，不再浪费笔墨。只想记一下那只不知从何而来的小猫。

听说五点就要打烊，于是甩开在“木心故居”里流连忘返的大队人马，踏着石板匆匆赶路。进得二门，尚未站稳，耳畔忽然传来细若游丝的柔声。四下里寻觅，便在天井里那片低矮的兰草丛中看见了它。纤巧的身躯，灵秀的五官，灰黄夹杂的花纹，实实招人怜爱。微弱的天光中，它仰头看我，又一声清晰的低唤。

抬首望去，高堂门楣半开处，大师的半身塑像隐隐可见，却已罩在苍茫中，面目模糊不清了。

我正欲迈入展室，小猫竟再次发出呼唤。转身看时，它的目光依旧定定地瞧着我，分明有无限期盼。于是心生蹊跷，问站在游廊下闲聊的几个保安，这可是无人照管的野猫？它是饿了吗？为何总盯着我叫唤？

保安咧了嘴讪笑。是哩，那野猫和你有缘，带它走吧！

踌躇之中，脑中却悄然闪出一句话。方才在小巷另一头长满青苔的“木心故居”里，满墙满壁都是名言。却仅有一句话，进入了我的眼帘：“自作多情和自作无情，都是可笑的。”

我心中似乎悟到了什么。在悄然降临的暮色中，我拔脚离去。

李彦，北京人，1987年赴加拿大留学。1997年起在滑铁卢大学瑞纳森学院执教，现为文化及语言研究系中文教研室主任，副教授。2007年起兼任孔子学院加方院长。为北京市侨联海外委员。1985年起从事中英文双语创作和翻译。主要作品包括英文长篇小说《红浮萍》《雪百合》，中文长篇小说《海底》《嫁得西风》，纪实文学《兰台遗卷》《不远万里》，作品集《尺素天涯》《吕梁箫声》《羊群》，译著《1937：延安对话》《白宫生活》。

碉楼的故事（散文）

◎（美国）叶　周

在广东开平广大的田野上，矗立着上千座被称为碉楼的建筑。孤傲独处，鸟瞰四野。这些被称为碉楼的民居，始建于20世纪20年代。是早年漂洋过海的华侨功成名就后，回到家乡投资建筑的。将近100年过去了，这一座座在东南沃土上矗立的建筑，大门深锁，主人们或者早已魂归天外，或者他们的后代仍然滞留海外。但是就是这些静静地立在那里的建筑，却依然为到访者讲述着移民前辈与家乡血脉相连的故事。

一

很多年前一个临近中午的时候，我走进以碉楼集中而著称的开平自力村时，村子里显得异常宁静，难得见到几个慕名而来的游人在碉楼里逡巡。自力村现在已经成为一个旅游点，进村要买门票。走进村子，见到的大多是妇幼老弱。这几乎成了我近年来所走过的中国农村的一个惯例，年轻人和青壮男子都外出谋生去了。我在碉楼边的小巷里漫步，穿过敞开的木门，看见灯光幽暗的灶台前面，一个头发花白的古稀老人在锅里煎鱼，比手掌略小的泥盲在老人家的锅铲下翻动，边上的一只缺了口的盆子里装着先前出锅的几条鱼。老人见我向门里张望，咧开了缺牙的嘴对我笑着，还挥了挥手。我也向老人挥了挥手。这会是老人的晚餐？谁又是她餐桌上等着的那个人？或许老人等着的那个人已经飞越汪洋去了异国？

我在村口遇见几个卖鹅蛋和玉米棒的中年妇女，正是午饭的时候，肚子有些饿了，我就买了鹅蛋就着玉米棒和她们边吃边聊。她们说男人大都外出打工去了，孩子成年了也会选择离开家乡，外面的机会多啊。从她们的嘴里说出外面的机会多，应该是口头禅了。开平的上几代人里面不乏漂洋过海外出谋生的人，发财以后，回家造了碉楼。这样的传统几乎已经成为侨乡的血脉遗传，留在家里种地或是伺候牲口，似乎天经地义是女人的事。

民国《开平县志》记载了月山镇奉父楼的故事："清初盗炽，许龙所妻被掳，子益将备金议赎。某氏语使人曰：母不必赎，但将此金归筑高以奉尔父足以。是夜，投崖而死。益将遵命筑楼奉父。"这是迄今文献记载的开平最早的碉楼，约在清顺治六年（1649 年）。

开平过去多贼，民间流传着"一个脚印三个贼"的说法。清顺治之前，开平介于新会、台山、恩平、新兴四县之间，向来是四不管地区。盗匪横行，生活富裕的归侨成了主要的被抢对象。为了防贼抗匪，侨胞纷纷捐资兴建碉楼。

自力村集中着十四座大大小小的碉楼，现在大都空置着。这些碉楼大多建于 20 世纪二三十年代。其中最高大精美的铭石楼的主人方广仁，在美国开杂货铺发家。他把家乡产品推向美国市场，赚了不少钱，成为开平首富。他用 6 万银圆修建了铭石楼。

铭石楼共五层，底下四层朴实无华，第五层富丽堂皇，前部是一个宽敞的柱廊，八根柱子为爱奥立克柱式，四周平台为变形的罗马栏杆，正面是巴洛克曲线的山花，下为"铭石楼"匾额，顶部有一个爱奥立克柱中式玻璃顶的小亭子。大厅里挂着四幅半人多高的主人油画像，出自欧洲名家之手。厅堂里摆满了红木的中式家具，西方式的镶花吊灯，浅蓝色的瓷花瓶，镶了镜框的画，中西掺杂的装饰风格随处可见。后来主人离去，门窗封得极为坚固。

附近的“叶生居卢”的主人方广富，当年是为方广仁打工的，后来发了财也建楼。据说他把金子藏在夹墙里，后来该楼被雷劈了两次，就是金子惹的祸。还有一幢龙胜楼在抗日战争中起了大作用，日军进攻时，全村的人都到楼里避难，日寇久攻不下，把村子洗劫一空，村民却因此保留了性命。所以这又是一座救命楼。

二

我站在自力村的碉楼上，透过布满铁栅的窗向外望去，脚下的农田，远处的邻舍，即便是遥远的天空……都同样被切割成一个个格子，色彩依然，可是却不再完整。我忽然想起自己曾经在某个地方看见过极其相似的景观。那是地处美国旧金山湾畔的天使岛。

碉楼以防卫功能为目的，保卫的是主人在海外恶劣的生存环境中辛苦积累的财富。可是在视觉上，不论是从天使岛的栅栏后，或是开平的碉楼的小窗后向外眺望，视网膜上投射的同样是割裂的天空和景色。差别在于前者是被囚困，而后者是自我防卫。

我曾于 1998 年 5 月 16 日访问了旧金山湾畔的天使岛，那天天使岛正式列入美国国家级历史古迹。我去那里是为电视台采制新闻，当我的摄像机缓缓移过那座始建于 1881 年的古老建筑门前的栅栏，我的镜头摄下了当年被隔离在拘留所中的人们所能看到的残缺世界。这些栅栏后面当年囚禁着无数漂洋过海移民美国的华人。从栅栏的分隔往外望，旧金山的天空被分隔成一个个细长的条块，不再遥远，却支离破碎。大凡移民，都是怀着梦想登陆美国，可是从天使岛开始，他们的梦就和他们的视觉一样，被排华法案野蛮地分裂得支离破碎。美丽的新大陆就在脚下，实现梦想的脚步却无法向前迈出。

据有关华人移民历史文献记载，华人首次入境美国的记录是1785年三位华裔海员抵达巴尔的摩（Baltimore）港。在此后的100多年，华人移民逐渐增加，主要是加州发现了金矿（从事矿工和参与耕地开垦、捕鱼、轻工业加工、洗衣、饮食等行业）以及后来加入修筑东西“越州铁路”的筑路苦力。

在排华时代，所有入境华人都被关进移民局特设的“候审所”。在旧金山，1882年至1900年，移民站的“候审所”是一座木楼，设在“唐山码头”旁侧。到了1910年，移民站搬进旧金山湾内的天使岛，也是木楼建筑。但是天使岛与旧金山一水之隔，从此成了一个与世隔绝、音信不通的移民监狱。前后大约收监了18万华人和6万日本人。

而在这18万曾在天使岛中关押过的华人移民中，来自广东一带，特别是香山（今中山市）、台山、番禺、南海、顺德、新会、新宁、开平、斗门等地的移民人口为众。这些被拘禁在天使岛的华人，少则数天，多则数月以至数年，等候移民官的审问或甄别，过着囚犯一般的痛苦生活。在被囚困的漫长日子里，一些移民在天使岛囚室的墙上留下了抒发心中困苦的诗歌：

困囚木屋常愁闷；忆别家乡月几圆。家人倚望音书切，凭谁传语报平安。

沧海圜孤峰，崎岖困牢笼。鸟疏寒山致，鸿使莫寻踪。留难经半载，愁容积满容。今将归国去，空劳精卫功。

须眉七尺愧无伸，蜷伏圈中俯仰人。

无限沧桑感，羁身此楼中，青山飞不去，绿水阻英雄。

这些壮志未酬，心已疲惫的诗篇，生动地表现了被囚华人移民的窘困状态。

天使岛上的栅栏切割的是渴望自由的愿望，将越洋者当作犯罪嫌疑人囚禁起来；碉楼上的栅栏是一种对于外界的防范，这时越洋者已经满载而归，防范的是不安全的环境对于他们财富的觊觎。这似乎是一种无可奈何的自我隔绝，失去的又是自由，只是前者是被迫所致，而后者是防卫的需要。

三

但防卫有时不仅仅是为了自己的财产，而是对于入侵者的一种民族的英雄式的自卫。就是在广东的这片土地上，1941 年香港沦陷时，曾发生过一次中国共产党南方局领导的秘密大营救，将居留在香港的近千名知识分子从日军的控制中营救出来。其中就有著名的作家茅盾、邹韬奋等人。他们所经之地要闯过日、伪、顽和土匪犬牙交错的地区以及关卡林立、警特遍地的敌人统治区。华南党组织和东江纵队的指战员不惧艰险，采取快速灵活机动的战术，前后经过几个月时间的紧张战斗，胜利地完成了艰巨的抢救任务。在这次著名的香港文化人迁徙中，几天时间里，经过这条路，有近千名进步文化人离开香港，前往内地。这是中国共产党领导的保护进步文化人的一次壮举，而大迁徙的直接指挥者就是周恩来。我的父亲叶以群当时走在撤退的人潮中，他接受了周恩来嘱托的任务，护送茅盾夫妇撤离。他回忆道：撤出香港后“经部队向重庆周恩来电报联系，得到回电，才由部队发了路费，和茅盾、戈宝权等同路经惠阳、韶关回到桂林”。

当时徒步走出香港后，我的父亲叶以群陪伴着茅盾夫妇来到东江游击纵队司令部的驻地白石龙镇。在那里见到了邹韬奋、胡绳、于伶等人。司令员曾生和政委林平把大家请到司令部里，端出了一大碗一大碗热气腾腾的红烧肉招待大家。和东江纵队的战士们近距离接触后，印象最深的是这支队伍中知识分子特别多，有“书生扛枪”之称，为了抗战救国弃笔从戎，舍身忘我。除了知识分子多，东江纵队还有华侨和港澳同胞多、女战士多、小鬼多、富家子弟多的特点。他们参加革命不是因为生活过不下去，完全是出于一种革命信仰，这种信仰从参加部队开始到后来一直都没有变过，涌现出不少可歌可泣的英雄故事。其实不仅是东江纵队的官兵，在撤退行列中的文化人，从茅盾夫妇到叶以群，他们都没有选择坐在书斋里过安逸的生活，而是出于救国抗战的信仰，百折不回地走上了这条路。

在东江游击队休整了几天，他们又动身向目的地韶关继续前进。这时与茅盾夫妇同行的有叶以群、胡仲持、廖沫沙。加上两名带枪护送的游击队员、两个挑夫，一行共九人。茅盾感觉到“以群他们三位都是少壮派，他们隐隐负着照料我们夫妇的责任”。在茅盾的文字中记录的以群不仅是“外交部长”，负责对外打交道；遇到艰难险阻的路况，又是“勇敢的以群”前去探路。

不过一路上也看到一些以前没有见过的景色。他们经过一片碉楼林立的村庄。这些被称为碉楼的民居，实在是碉堡的异军突起。好像在地基上装上了升降机，把一座座戒备森严的碉堡顶了起来。抗战时便也成为反击日军扫荡的堡垒。碉楼的墙壁很厚，墙上开着狭长的枪洞，不同位置的枪洞朝向不同，有些直接面对大门前的来袭。前辈们在途经的田野里见过的碉楼，有的墙壁上布满弹痕，有些碉楼还受过炮击，崩坏了一角。很显然是日军扫荡时进行过激烈的战斗。

为了亲眼看一看开平原野上经历过与日寇激战的碉楼，很多年前我又特地去了开平的赤坎镇。在赤坎镇我特意登上了那座遍体伤痕累累的碉楼——南楼，抗战胜利前在那里曾经发生过一次激烈的战斗。7 个传奇的英雄坚守在楼中阻击进攻的敌人。1945 年 7 月 16 日，日寇投降前夕为了打通撤退的路径，分兵三路直扑赤坎镇，驻扎在赤坎的国民党军队已经撤离。只剩下司徒四乡自卫队的队员们凭据南楼及隔河相对的北楼抵抗日军的进攻。

担任副队长带领一个小分队防守南楼的司徒煦原先侨居南洋。抗战胜利前夕，听到日军第三次攻陷广东开平，特别是听到日军在家乡的烧杀抢掠淫种种暴行，义愤难平，他联络了侨居南洋的同乡兄弟司徒遇，一起组织起 20 多人的抗日志愿队回国杀敌。他们立下誓言："不消灭日寇，决不剃须。"司徒煦、司徒遇回到家乡后，加入司徒四乡自卫队南楼中队。

南楼虽小，位置却极其重要——控制着潭江的三埠和赤坎河段，是日军撤退的水上必经之路。它南临潭江，北扼东湣龙公路，是三埠、赤坎水陆交通要塞，地形险要。南楼防守中队和司徒四乡自卫队屡次打退从水路进犯赤坎的日军汽艇队，如骨鲠在喉给日军造成很大困扰。日军进攻赤坎时从陆路包围了南北两座碉楼。由于敌军兵力强大，北楼的自卫队队员在激战中突围出去，留下司徒煦、司徒旋、司徒遇、司徒昌、司徒耀、司徒浓、司徒丙等七名自卫队队员坚守南楼。七位南楼队员坚守了很多天，不仅因为他们有顽强不屈的意志，加上碉楼十分坚固，日军的炮火反复炮击，只是造成了外部的破损，高耸的碉楼依然昂首挺立。日军攻不下碉楼，设法劝降也不奏效。打到最后队员们几乎弹尽粮绝，在没有救援的情况下，七名自卫队队员把枪支砸毁，在墙上立下遗嘱：誓与南楼共存亡。

被激怒的日军最后用炮火打开了碉楼上的窗洞，向南楼施放了毒气弹，七名勇士在昏厥后被捕。敌人把他们押赴赤坎日军司令部大本营，捆绑在树上百般折磨。敌人起初还想劝降他们，遭到拒绝后对七名英勇斗士恨之入骨。他们使用惨无人道的手段，对斗士们进行身体上的折磨。最终在南楼中坚守了 9 天的七名壮士全部壮烈牺牲，这时距离日本举白旗投降仅仅只有 20 天。

抗战胜利后五位烈士的遗体被乡民打捞起来隆重安葬，唯独副队长司徒煦、弹药兵司徒丙的遗体始终没有找到。开平人民举行了隆重的追悼会厚葬英雄，来自周围乡村的数万人前来参加。追悼会上泣声惊天动地，人们列队护灵至腾蛟庙，将烈士的灵位安放在三灵宫，并将三灵宫易名为“七烈祠”，永远纪念为国捐躯的民族英雄。

开平碉楼的结构和形貌独特，集防卫和居住于一体的建筑已被列入联合国世界文化遗产名录。而当我有机会踏上那片寂静的土地，攀登着楼中陡峭的阶梯，登上顶部俯瞰四野时，想到的是它的历史和在这些楼群中发生的历史事件。侨乡的前辈不仅为后人留下传世的建筑，他们更为后人留下了独特的人生传奇。

叶周，美国洛杉矶华文作家协会名誉会长、资深电视制作人。曾出版长篇小说《美国爱情》《丁香公寓》，散文集《文脉传承的践行者》《地老天荒》《巴黎的盛宴》《一幅伸展的文学地图》。散文作品入选《〈散文〉海外版2018精品集》《花城2020散文年选》。

重游南澳（外一篇）（散文）

◎（泰国）杨　玲

“南澳，我又来了！”23日从曼谷飞汕头，我下机后坐上大会接待的车子，前去南澳，参加“2018年金秋十月潮汕文化之旅”暨《侨批里的中华情》首发仪式。面包车在高速公路上驰行，经过雄伟的南澳大桥，一路上的海景美色，使我目不暇接。

踏上久违的南澳岛，住进了南澳欣涛度假村，海边宜人的景色，深深地迷住了我。

我怎么会参加到这个充满国际华文文学大神作家的写作阵列呢？是一个很好的机缘，同时也是一次偶遇吧。2018年1月8日，我收到中国世界华文文学会会长王列耀先生的一封邮件，要我转给泰华作协永远名誉会长司马攻先生，邀请他写侨批点评，司马攻会长一口答应了并让我回信，于是我和《侨批中的中国故事》编委会联系上了，有了信件来往。

过了几天我收到编委会的新来信，邀请我也撰写侨批点评，我想自己肚子里几点墨水自己最清楚，实在没有信心写好。但是这是一个学习的好机会，于是硬着头皮上。经过前辈的精心指点，3月初我总算完成一篇点评，被收到《侨批里的中华情》里，“滥竽充数”成功了。

接着本书掌门人新加坡著名作家蓉子成立了微信群，我一到群里，见多位群友都是我敬仰的学者、专家，除了出钱出力的掌门人姐姐之外，还有刘登翰教授、陆士清教授、白舒荣大姐、林伦伦院长、王列耀教授和新马几位教授和作家，群星璀璨，光芒耀眼。

之后微信群又陆陆续续传来编书、印书的消息，在9月下旬中秋节微信群掌门人蓉子姐姐发出邀请，呼吁群里各位作者参加“2018年金秋十月潮汕文化之旅”暨《侨批里的中华情》首发式，时间定于10月23日至27日，地点在南澳和潮安。

啊，南澳，是我很想去的一个地方，20世纪80年代前曾去过，至今36年了。当时它还是一个尚未开发的原生态小岛，什么旅游设施都没有，连个码头都是暂时简易式的，陪伴我前去的老朋友，在海滩上拍照，又下海浸浸海水，中午也不知道在哪里吃饭，太阳太晒了，赶快上船回汕头。对南澳留下了不深不浅、不好也不坏的印象，不过未经污染的沙滩和蓝天白云使我永记脑海。

近几年我倒常去汕头探友游玩，但总是遇上冬天，加上来去匆匆，没法安排南澳旅游，这一次是个好机会了。我马上报名金秋之旅，圆我多年的梦想。

南澳欣涛度假村是临海的酒店，二楼的房间外是个大阳台，用舒荣姐的话说：“阳台比房间大，是个喝茶赏月的好地方。”可惜晚餐总结束得较晚，白天都是岛上游，没有时间去阳台享受。

于是早上我特意早起，在阳台上等着看日出，可惜两个早上都没有见到。只见天边发亮，红日躲在云层后，不知为何羞答答不肯露面。意外的是西边的月亮还未沉下，坚持挂在天上，她的脸色已经苍白，没有晚上的饱满发亮，是月亮值了一个大夜班，太累了吧？勤劳的月亮，请下山歇息吧，晚上再见您的圆满笑脸！

在南澳岛上，我游了宋井、云盖寺、黄花山、南澳总兵衙署等美丽景区，这里面临南海，濒临国际主航线，是发展远洋海运业的理想地。历史上既是兵家必争之地，也是东南沿海通商的必经泊点和中转站，素有“闽粤咽喉、潮汕屏障”之称。全岛地处南亚热带，北回归线横贯全岛。气候宜人，冬暖夏凉。岛上旅游资源十分丰富，具有“海、史、庙、山”相结合的特点。全岛海岸线长78公里，大小滩头61处，共17.5公里，可供旅游沙滩60处。岛内已发现和修复的文物古迹50多处，已建成全国第一座县级文物古迹博物馆。岛内有亚洲最大的风力发电场；有颇具海岛特色的国家森林公园，岛上大小寺庙30多处，岛上峰峦千姿百态、造型奇特、形象自然，是避暑、度假、登高的好去处。南澳自然生态环境良好，北回归线横穿海岛，岛上植被茂密，森林覆盖率超过70%，绿化率达94.6%，县城人均公共绿地5.49平方米，共有植物102科，约1400多种，是北回归线上的一片绿洲。

我们到“知青农家乐”用午餐，有地道的南澳番薯、玉米、地豆（花生）、新米糜、菜脯（萝卜干）、现摘现炒的番薯叶，还有土鸡、土猪等。我是潮汕人，爱吃潮汕菜，但我看到来旅游的外地人士也吃得不亦乐乎，证明潮汕菜真的好吃！

金秋十月潮汕文化之旅首站——南澳，一个美好的开始，我认识了南澳的新貌，圆了36年来的梦，新画面永藏在我心头了，离开南澳时，我和它挥手告别说：“你好，南澳！再见！”

你好，故乡潮安

“2018年金秋十月潮汕文化之旅”暨《侨批里的中华情》首发式在潮州市举行，我太久没去潮州了，听说这几年建设得很美、很好、很迷人，所以我毫不犹豫地决定去参加，我的心早飞去潮安了，想对她说：你好，故乡！

潮安是我的祖籍，我们是华美镇陇头乡人，因为没有去过，讲不出一二，严格来讲，潮安是父亲的籍贯，反正祖籍就是祖传的，我继承的遗产之一。潮州市我倒是去玩过几次，在我印象中潮州是一座古香古色的小城，有引人流口水的家乡美食，还有亲切的乡音，于是我来了！

金秋之旅首站是南澳，我们在那里停留了两天之后，25 日上午匆匆经过汕头市，参观侨批博物馆。中午赶到潮州龙湖古镇，这个有千年历史的古镇，地方很大，我们只看了一角，再赶到潮州市，《侨批里的中华情》首发式在迎宾馆举行，一番热闹，当地领导都来了，还安排作者签名，我也叨陪末座，沾光坐在台边拿着笔，有不少读者和学生来索要签名，这是没有预料到的，我太激动了，慌慌张张地献出我的第一次签名，接下来是各种合影，在我激动未消时首发式结束了。

晚餐后，潮州市领导领着我们去牌坊街，今晚主要来看掌门人蓉子姐姐赞助的金石镇龙阁小学学生表演铁枝木偶戏。我们一行人来到台前时，已经有几十名观众在围观了，音乐响起，今晚演出的剧目是《井边会》。随着乐曲小学生们认真地操纵着各个角色的木偶，活灵活现地表演了一场古代小将军外出打猎的短剧。木偶戏闭幕后，小学生下场和蓉子姐姐合影、致谢。

我们赶到韩江边广济桥头（湘子桥），去看晚上九点开始的灯光秀，江边早已经挤满了人。交警用铁栏杆隔出一块地方，让我们好好地欣赏灯光秀。晚上九点整，广济桥一带的灯光都熄灭了，地上天下一片黑暗。过一会儿，只见广济桥的灯亮起来了，在四周黑暗的衬托下，广济桥显得那么美，那么有灵气，太叫人心动了。随着开场曲《潮州人》的响起，灯光不断地转换颜色和形状，璀璨绚丽，吸引了无数人的眼球。岸边观赏的人，看得如醉如痴，不断地发出惊叹和赞美。广济桥的灯光秀流光溢彩，广受好评，惊艳了国内外游客，圈粉无数！

有道是：

潮州湘桥好风流，
十八梭船廿四洲；
廿四楼台廿四样，
两只鉎牛一只溜。

潮州八景好踢跎，
十八梭船廿四朵；
廿四楼台廿四样，
两只鉎牛一只无。

这是我从小就会唱的潮州话童谣，现在再听，心里还是激动，温馨，亲切，暖和！

广济桥建于宋朝，是中国四大古桥之一，历史悠久，命途多舛，1000多年来，天灾人祸，多少次建了毁、毁了建，历史总在重复，现在总算定格下来了，老百姓安居立业，广济桥也妥妥地、美美地、平平安安地屹立在韩江上，被人欣赏、被人赞叹、被人崇敬！

26日，我们走马观花，参观了饶宗颐博物馆、开元路传统民居、牌坊街、广济桥（湘子桥）、韩山师范学院、淡浮院。白天阳光下的牌坊街、广济桥（湘子桥）又是另外一番风光，给人不一样的感受。傍晚，我们在淡浮院欣赏日落，吃了晚餐，诗酒话桑麻。

27日，我们又参观潮州特产木雕、刺绣、陶瓷。午后，与会者上动车，上机，各自回家。我和蓉子姐姐去金石镇龙阁小学，周六老师和学生都不在学校，校长和主任赶来接待，参观学校后，蓉子姐姐把我送到汕头，我将在汕头机场上机回曼谷，金秋之旅圆满结束！

再见了，故乡潮安，我会再来看你，期望你变得越来越美！

杨玲，现任泰华作家协会副会长、世界微型小说学会副秘书长，泰华小诗磨坊成员。与泰华小诗磨坊诗人合作出版《小诗磨坊》15集。曾获世界华文微型小说双年度优秀奖、第十六届亚细安文学奖、世界华文微型小说贡献奖。

专辑 · 华韵

旧金山风情录（三帖）

◎（美国）刘荒田

一、阳光的显影

拂晓时分，走出家门。关上铁闸时感慨未消，那是因读书而起的。本来，那书论整本颇为乏味，但它引了英国19世纪大诗人朗费罗的诗句："乔托的高塔/似佛罗伦萨的百合在石上绽放。"人行道上，边走边品味，进而自问：你在旧金山这座城市住了39年，可曾给它献上稍稍像样的赞美？看人家……

是啊，坐落于意大利佛罗伦萨的大教堂广场的歌德式建筑——乔托钟楼，高84米，它多像所在城市的市花——百合。这朵高标的花，开放在石头上，永不凋谢。而佛罗伦萨，向有"鲜花之城"的美誉。无论从形态、色彩还是地域看，没有哪个比喻比它更贴切，更能引起瑰丽的联想了。惭愧之后，是认命。大诗人，一个城市，一个世纪也许配有一个，如果幸运；怎会轮到我这末流的末流？

好在，太阳适时地跃出远山，以新鲜得像刚流出石磨的豆浆般的光线，稀释我灰暗的思绪，我终于意气昂扬起来。行人很少，处处祥和。赶各路巴士的，走向不同方向。骑滑板的市立大学学生，一起往大海的方向疾驰，为了海滨的高度比此处低很多的缘故。一辆替建筑公司运水泥和木料的大卡车，在街心掉头，把四个方向的车都堵住了，但没人按喇叭抗议。四五个同胞在日落大道旁边逡巡，有点对不起人似的。他们在等开往石头河赌场的巴士。他们此去不是为了发横财，而是打发过分空虚的光阴。这些，每天都看得到。如果硬要拿此刻的人间稍做形容，就近取譬不是不可以——叫作“鸢尾花在街上开放”，紫色的鸢尾花，在风里恭顺地弯腰，暗示着对惯性的依赖。

街角的门开了，走出一个中年男子，他是我的朋友金米。我窃喜。这时刻，他是我认识的唯一的“具体的人”。少不得闲聊。他对我的好感来自去年，他对我抱怨头老发晕，精神差劲。我问他血压多少，他说接近180/90，却声言：“我才五十出头，凭什么要天天吞小小白丸子？”我说，看在上帝的份上，你必须立刻服药！我痛陈利害，说一旦中风，这辈子就彻底毁掉。他被我极恳切的神情感动，乖乖地照办。他后来这般回报：我去年回国两个月，他打电话找不着我，担心极了。我回到旧金山的家，查听手机里的留言，他至少五次以地道的英语问“你在哪里”。今天，他又告诉我，他父亲原籍上海，年轻时是香港一家洋服店的高级裁缝，移民以后只能去五金店卖螺丝，很是失落。他是家里唯一在旧金山土生土长的，“一辈子都不怎么走运”，他笑嘻嘻地说自己。我向他道再见，向三个街区外的咖啡店走去。他黧黑的脸部有光影若隐若现，那是晨曦。

直到此刻，我尚未发现周遭有什么不同，离开这里两个月，时光仿佛凝固。我从来都对这个城市怀有好感，一多半的原因在于安宁。然而，安宁意味着没有激动人心的变异。我站在十字街头，回望大海，它今天没有把海面斜放，平卧的微波还没有苏醒。

然而，视线投向巴士站时，一个景象把我震慑了，六个乘客，一律面向西面。阳光在每个人的背部，以“魔幻”笔法作了雕镂，使一个个直立的躯体，罩在聚光灯一般的曦光中，边缘镶嵌眩人的光环。这些说不上“新”，但是，所隐喻的“独立”，是人生至关紧要的哲学。

原来，这个城市里面的人，都不用依傍别人或外物，这一和雕像近似的“意义”，只有在从昏暗向光明过渡的时刻，在阳光的显影中才显示出来。看，他们不但占有一方土地，还有两立方米的阳光。城市的生命力蕴藏在这里。我看定他们，不再移动，稍低头，从他们之间的空隙看过去，景深的尽头，是大海，古典西洋油画一般凝重。

我隐隐感到，我和城市又亲近了一点。

二、唐人街语录

有客问我，旧金山唐人街可有“仅此一家”的景致？我不假思索，举出两档：一是都板街一店铺，专卖活鸡，本市独一无二。据说，早年先侨以“中国人习惯吃现杀的鸡而不吃冷冻鸡肉”为理由，向市政府力争，获得“每天杀500只”的限额。二是边缘地带有一闻名寰宇的书店——“城市之光”。和这一由“垮掉的一代”起家的诗人当老板，60多年前“嬉皮士”全盛期出版过艾伦·金斯堡诗集《嚎叫》的“本市名片”，仅隔一条五步阔的小巷，有一家开业于1948年的酒吧，名叫“维塞维奥”，大门外有三幅设色华丽的壁画，中间一幅写上一段语录：

> 当蚱蜢的影子，投射于长满黏糊绿草，田鼠留下踪迹的小径，而红日升起于西方地平线之际，那瘦骨嶙峋却肌肉绷紧的印第安武士下蹲引弓向你直射，是再来一杯马天尼的时候了。

“马天尼”是美国最流行的鸡尾酒之一。尤其是女士，一只纤手拿状如倒立三角形的专属杯子，一手拿纤细型“撒仑”滤嘴烟，在吧台上安坐，是三四十年前的时髦。我能调制这种带酒精饮料，但从来不喝。此刻才下午4点，不是喝酒的时候，尽管门口的老头，一副迎人于十里之外的热乎劲。

语录倒是要品味的。不知作者是谁，也许因靠近城市之光，沾了西部的“牛仔气”加上以次文化丰盛著称的旧金山的“文气”。

继续走，在都板街靠南一侧，一家开在天主教堂隔壁的书店，橱窗里也有的是语录。且摘译录数段：

当我接受无法改变之事时请赐以宁静，当我欲变革时请赐以勇气，当我须了解差异时请赐以智慧。

真渴望变为一个小屁孩，若然，睡长长的午觉，所有人居然都为我而骄傲。

我的狗儿把我必须通晓的事都教了，比如：活着单是吃和睡，不是不可以。如果你摔倒，爬起来，耸一下身子，忘记这些，继续前行。不管你的个体是大是小，都要勇敢，去找你自己的乐子，释放你的才气，学习新事物。不管你多老，都要交新朋友，寻找新机遇。去追逐你的梦想。当你所爱的人回到家，要跑去迎接。一天终了，不管发生过什么，最得宜的方式是蜷伏于地。每一个日子都是簇新的，尽管快乐。

最近一个研究发现，稍微超重的女士，其寿命比在乎此点的男士长。

我做瑜伽，点蜡烛，喝绿茶，尽管如此，还是想揍人。

放轻松点吧！我们都是疯子，这儿并非赛场。

互联网停摆时，我和家人一起消遣光阴，他们看起来都是好人。

词语是免费的，至于如何运用词语，那就要花钱了。

一旦人生关上一道门，再一次打开它就是了，门都是这样开关的。

从一个人这样的行为可以了解他许多：怎样摆布太慢的网速，以及如何解开缠成一团的圣诞节灯饰。

许多人在自家厨房里吃饭，然后出门，去引领正常、健康的众生。

音乐即人生，这就是为什么我们的心脏会跳动。

你永远不晓得拥有什么，直到它不见了，比如厕纸。

打盹看上去是童呆之举，但我宁愿将之称为“生命的卧式暂停”。

寒风吹过，我拉高衣领，对着橱窗。白色字印在大小不一的黑色方块上，沉重，庄严，一似与穿黑袍的哲人相对。

何其庆幸，在中国人的社区，有灵性的宣示，有与主流社会合拍的睿思。语录的作者和制作者未必是同胞，我们沾了光。

三、后院的游丝

闭户避疫的日子，活动空间，除了家，就是后院。在亲友的影响下，老两口兴致勃勃地干起半个世纪前相当熟习的活计——种菜。仅仅是起步，栽在栅栏下的南瓜秧和垄上的白菜苗，是50年前的学生送的；枸杞和青葱是从超市买的，绿叶拿来做菜，前者的茎插在柠檬树周围；后者的头栽在垄边，此外有文友送的田七苗。局面小得羞于向朋友提起。收获在颇遥远的“以后”，还要看老天爷成全否，虫子肆虐否。但以眼前论，此举提供了“谋杀时间”的绝佳方式。

一天之中，为了查看，浇水，施肥，培土，后院不知去了多少次。每一次都遭遇游丝。尤其是清晨，打开后门往外走，在两棵柏树之间踏上石级，脸、颈或手，照例碰上线状物，成网或交错的两三根，如不留神肉眼看不到，细微、柔软，勒过、划过裸露的肌肤，感觉无疑是鲜美至极的。如果昨夜下雨或露重，线断了，水的微粒还留在肌肤。都是蜘蛛吐出来的。星罗棋布的小小“吊床”，太阳出来时，逆光看，丝丝镀金，带闪亮的毛边。除了被人毁掉的那些，稍加搜寻，院子里有的是。前年搭建，用来放工具、杂物的小屋内外，去年筑的亭子四周，栅栏的角落，阳台上下，蛛网星罗棋布。奇怪的是，岂但极少看到落网的动物，不知道是苍蝇、蚊子、虫子不轻易上当，还是被蜘蛛吃了“活口”；也难看到造网的本尊。

此刻，站在安宁的阳光中，风潇洒地翻弄日本枫的叶子，也许把它们看作钢琴的键。刚刚读了美国植物学家皮阿提的《四季物语》，它这样描写“每一片草，每一英寸空间，都充满着游丝”的多泥沼的草地：“好几百万条比丝更细的线，随着数百万计的露珠闪闪发光，像是亮晶的小片。在较古老，较单纯的日子里，人们都认为这些是织布机，织着透明的布，由漂亮的女人穿在她们诱人的娇小身体上。”

于是想起唐诗：“游丝何所似，应最似春心。一向风前乱，千条不可寻。”是啊，游丝最似这样的心情：无论感伤、怀念、期待还是怨愤、焦虑，都是细微的，纷乱的，隐藏在深处。所谓“无边丝雨细如愁”，但凡和丝相近的，都有这样的特质。我不就是这样吗？因疫情而生的不确定感，为心情定下基调，对未来失去规划。好在，还有实实在在的“眼前”，包括手背上铮亮的细丝和屋角晃荡的小网。

直到目前，我对游丝的认知，停留在“捕食工具”的限度。然而，《四季物语》指出，游丝还有一种功能——供蜘蛛爬出去“看世界”。此举没有确切的目标，只是为一种内在的情绪所触动。“蜘蛛攀爬着自己所织的蛛丝，从每处树丛，每片草叶，每个洞穴中滑了出来。他们在每一条途径上行进，这条途径轻如空气，流动一切液体，容易消散一切思绪。”

这么说来，我们都是渺小的蜘蛛，机械一般的简单劳作，虽然和哲学、高科技无缘；如果收成不怎么样，和菜篮子以及用于“晒”的朋友圈也不搭界；但是，谁敢否定，土垄可以成为通向灵性天地的途径？我们何妨像蜘蛛一样，沿着南瓜的藤蔓，白菜帮的纤维，青葱的叶脉，去探索自己的精神世界？尽管走不出命定的限度，一如蜘蛛不管怎样沿游丝爬行，也会成为远离家园的“半具尸体”，但是好歹有所完成。

莳弄院子告一段落，回到室内。坐在小小地球仪旁，用指甲轻轻划许多道往复于蓝色太平洋的线，对自己说：这就是我的“游丝”。

刘荒田，广东省台山人，1980年移居美国。出版散文随笔集38种。2009年以《刘荒田美国笔记》一书获首届“中山杯”全球华侨文学奖散文类“最佳作品奖”。

端午节，我与女儿包粽子（散文）

◎（美国）黄宗之

端午节过去了，今年的端午节我家过得与往年不同。原本我已有了过端午节的计划，疫情即将结束，关门歇业的各类餐馆已经开门迎客，一年多没有进餐馆，我早就按捺不住，想借节日之机犒劳禁足居家仍辛勤劳碌、三餐素菜淡饭久违美食佳肴的家人。

在今年之前，我会为去哪类餐馆而纠结，为吃中餐还是西餐闹心。家中上有老下有小，小女儿在美国出生，不喜欢吃中国餐；岳母一辈子待在湖南老家，吃惯了家乡菜，来美与我们同住，餐餐少不了辣椒。所以，每逢传统佳节或生日庆贺，一家人去外面吃饭，去哪类餐厅成了一件令我头痛的事。今年的情况不同，岳母她老人家去年年底去世了，小女儿非常喜欢吃烤牛排，我第一次用不着烦恼，打算让女儿随心所欲选一家她最钟爱的西餐厅。

在美国出生的华人孩子不吃中餐并非少数，但像我女儿那样，坚决不吃中国餐却不多见。岳母年老，生活习惯改不了，我也只好尽量说服女儿吃中餐，无须父母每次去超市采购，都得中西兼顾，买一大堆食物塞满冰箱。我劝多了没用。妻子说，算了吧，不就是吃饭吗？她喜欢吃什么随她去，过几年，她高中毕业离开家，我们也就不用烦心了。后来，我读了一篇有关新移民身份认同的论著，里面有一章关于身份认同障碍的内容。对照我家女儿的行为，我分析她拒吃中餐只是表象，她与某些新移民家庭出生的孩子一样，有着很强的身份认同焦虑。女儿上初中时，把我和妻子给她的零花钱拿去把头发染黄；我们住在绝大多数居民都是华人的社区，她在学校里不与华人同学交往，几个好朋友不是白人就是黑人。我明白了其中的原因，她是在通过保持与华人以及中国文化和传统尽可能远的距离，试图强化自己是美国人。

我为此深感忧虑。一个生活在异国他乡的人，不认同自己的身份，没有祖国，在未来的人生道路上能够走得顺畅吗？我自己移民美国后，曾有过处在非常艰难的边缘状态的疏离感，内心经常会有一种既不被主流社会接纳也回不了过去在国内时有做主人翁的感受，整个人就像水面上没有根的浮萍，处在漂泊的状态中。新移民面对新环境的疏离，由于种族、性别、阶层等差异导致的冲突，经受母体文化与主流文化的冲撞，容易产生文化认同焦虑。女儿长大后进入职场，遭遇玻璃天花板下的隐形歧视在所难免，如果她不能渡过文化适应、融入社会的第一道难关，不能很清楚地认识现实，正确地看清楚这一点，她的自尊心与自信心很容易受到伤害。那时，她能够经受得住波折和打击吗？那篇论著中提到，有认同焦虑的孩子忧郁症发病率和自杀率明显高，特别是华人家庭出生的高中学生。分析其原因，作者认为：除了华人父母盼望孩子成功，给予孩子学习压力过大之外，身份认同焦虑也是其中的重要因素；新移民的认同困惑主要是文化认同的问题；文化认同的目的是定义自己；在文化适应过程中通常伴随着文化焦虑，严重迷失认同方向感，甚至会导致精神危机。如果我家小女儿因不知自己是谁，无疑她未来将会处在内心挣扎与矛盾之中艰难生活。我希望能找到合适的办法，帮助她认清自己，有文化自信，在未来的人生道路上不会迷失。

我和妻子尝试过一些方法：带她到帕沙迪拉市参观亚洲博物馆，在我们城市里参加华人社区活动，让她加入华人儿童合唱团，带她回国省亲旅游，但收效甚微。后来，有一件事让我找到了打开女儿心锁的钥匙。早些年的一个端午节，一位好友家包了肉粽和豆沙粽，给我们送来了十几个。那一天恰好是周末，女儿要赶去学校参加舞蹈队训练，我们还没有来得及去超市采购，家里冰箱空空的，连一片面包也没有了。妻子说去给她买麦当劳，她说来不及了，不能迟到。我只好说服她热一个朋友送来的粽子吃。情急之下，她只好勉为其难地答应下来。她吃的是肉粽，当吃到里面的红烧肉时，我看到她的眼睛里流露出一丝惊喜的亮光。我问她，好吃吗？她没有回话。我继续说，爸妈也会包粽子，比这个好吃很多。真的吗？她眉头一皱，一副不相信的模样。我说，要不，我们包粽子给你看，你来评判是不是自己家包的粽子更好吃。她耸了耸肩，算是答应了我。

送女儿去学校后，我和妻子去超市采购。一路上我的脑子不断在打转，怎样才能包出更好吃的粽子来？我记起年少时，我母亲就曾经包过好几种粽子，肉馅的、豆沙的、花生的，还有香肠的。不同粽子味道各异，沁入心脾，口齿留香，让我至今难忘。为了包出不同花样的粽子，我和妻子跑了好几家商店，除了买糯米和粽叶，还买了五花肉、咸鸭蛋、去皮绿豆，花生、香肠。回到家，我立刻烧红烧肉，浸泡糯米、花生和绿豆。我母亲曾有把香肠与豆类放到同一个粽子里，似乎要比单一肉馅的好吃。我打算也尝试一下，包肉粽，除了在粽子里放上红烧肉和香肠，还把去皮绿豆、咸蛋黄和花生也放入。

我们包了几个粽子煮上，女儿训练完毕，我开车去学校接她回家后，妻子迫不及待地拿出一个粽子给她吃。她咬了一口，脸上立刻显现出难得一见的惊喜。好吃。她说过后，吃完一整个粽子，随后又拿了一个。女儿在学校选修过烹调课，她是喜欢烹调的，经常在家里烤糕点带去学校与同学分享。我问她，愿不愿意跟爸妈学包粽子？我对她说，你以后走上工作岗位，少不了要参加同事朋友开的派对，虽然你在学校里学过怎样做西餐，但很难比得上土生土长的美国人。参加派对，能拿出一两道好吃的中国菜，他们肯定比不上你。听我这么一说，女儿动了心，跟着我和妻子包起粽子来。我们一边教她包粽子，一边给她讲端午节的来历，讲爱国诗人屈原投江的故事。她听说屈原是在我们湖南的汨罗江投江自尽的，问我汨罗江与老家衡阳有多远。我把湖南的地理位置描述给她听后，接着给她详细讲解公元前东周战国时期楚国那段故事和中国历史。我给她讲中国美食的源远流长，讲中国有几千年的古老文明，让她对自己的华人身份感到骄傲。

那一次包粽子的经历，让女儿慢慢对中餐不再那么拒绝了。我和妻子也就开始在每一个美中两国的传统节日里带着她做一些有特色的中国菜。感恩节，我们按照家乡传统烹调美食的方式烤火鸡，把火鸡放入冰箱里用佐料先腌泡三天，烤前在火鸡肚子里塞进煮熟拌上花生、蘑菇、松子的糯米饭；元宵节，我们自己动手制作芝麻花生元宵，油炸得香喷喷、金灿灿；中国新年前，我们按照老家的习俗，自己打鱼丸、烟熏腊肉、蒸梅菜扣肉。在每一个中国传统节日里，我们也都给她讲解节日的来历，讲中国的文化传统与悠久历史。

几年过去了，女儿不仅喜欢上了吃中国餐，她还会包粽子、做梅菜扣肉、包饺子。她自己吃中国餐，去旧金山看望姐姐时，她在那儿替爸妈蒸姐姐最喜欢吃的梅菜扣肉。如今，她不仅能够讲一口流利的汉语，给我们发短信也完全是用中文。进大学后，她与不少华人同学成了朋友。今年的端午节就在周一，我同妻子早说好周日晚餐去餐馆吃饭。周五下午，我敲开女儿的房门，对正上完当日暑期网课的女儿说，餐馆也都开门了，你挑一家最喜欢的西餐厅，吃你最爱吃的烤牛排。她抬起头对我说，爸，明天早上我开车去中国超市采购，我们就在家里包粽子吧。

黄宗之，欧洲跨国生物医药制药公司美国分公司研究开发部科学家，居住于美国洛杉矶阿凯迪亚市。与妻子朱雪梅合著有七部长篇小说，现任美国洛杉矶华文作家协会会长，《洛城文苑》《洛城诗刊》文学专刊副主编。

春游庄严寺：闲话汉传佛教在美国（散文）

◎（加拿大）江　岚

4月里，带着放春假在家的老大雪儿，从家里开车往东北方向去，下了州际高速，进入博南郡肯特镇外的乡间道路，没多久便看到路边供奉着一尊释迦牟尼石雕像，就是美国佛学会所在地，庄严寺的入口了。

没有围墙，美国式的矮矮石砌山门敞开，车辆行人都通行无碍。除了天寒地冻的隆冬季节之外，庄严寺全年三季每天对外开放。不论是谁，拜佛也好，参观游玩也好，来者都是客。每逢周末，还有义工到寺里帮忙准备免费斋饭，供游客香客自助食用。

停下车，满眼是仲春蓬勃葱茏的绿意，间中点缀着几树樱花，几丛连翘，还有远处隐隐斜出的三两枝桃花。转上青石铺就的菩提大道，便看到了庄严寺的主体建筑，大佛殿。杏黄屋顶，朱红圆柱，四重檐，结构坚实平远，衬着绿树、蓝天、白云，气势质朴严整。一路盘点两旁姿态各异的十八罗汉石雕，顺山势而上，一步步，叠印出自己在国内参谒各处名刹古寺的足迹：广西桂林的栖霞寺，福建厦门的南普陀寺，江苏南京的鸡鸣寺，宁夏银川的承天寺，浙江杭州的灵隐寺，江西南昌的佑民寺……有一瞬间的恍惚，搞不清楚自己究竟身在太平洋的哪一端。

“妈咪，我们要去哪座楼？”雪儿在大道尽头的大象石雕下，转过身来问我。

这个在美国出生长大的孩子，平时对基督教、天主教甚至犹太教的各式教堂都司空见惯，第一次到寺庙，而且规模这么大，乍见大佛殿、钟楼、鼓楼、僧寮、观音殿连成排，不知道该去哪里。“参谒寺庙，自然先去正殿。”我回过神，笑了。

这一片如今已为美国及世界各地佛教信徒所熟知的庄严圣地，在此处“筚路蓝缕，以启山林”的宏大建筑工程，起因于这大片土地原来的主人，华人实业家沈家桢博士。

1976 年，沈家桢拨出 125 英亩山水兼备的丘陵林地租借给美国佛学会，每年象征性地收取租金 1 美元，而他自己则继续承担巨额地税。同年秋天，庄严寺破土动工，得到佛教界各方的大力支持，十方善信捐输财物，美国佛教会 300 多名会员出钱出力。由公路边延伸进来长达 500 米的道路，最初是美佛会的敏智、仁俊、圣严三位大法师利用星期天，带领着男女居士和哥伦比亚大学的学生锯树、搬石、除草、掘土，全凭人力开辟出来，后来才有大型机械进入施工。

1985 年，观音殿竣工，是庄严寺最早完成的建筑物。后来与观音殿回廊相接的五观堂，西北边山坡上容纳灵骨的半圆弧形千莲台，出家僧众的住所印光寮，专供远道来此学佛的居士食宿及禅修的太虚斋，小山坡后供退休主持法师居住的几幢独立家屋陆续建成，庄严寺粗具规模。1989 年，肯特镇政府主动提出免除地税，沈家桢才将这片土地由租借变更为捐赠，作为美国佛学会的永久会址。

大佛殿全名“万佛绕毗卢遮那大佛宝殿”，竣工于 1997 年。和观音殿一样，均由知名建筑大师贝聿铭设计。拾级而上，殿外设香炉、香案，供游人免费取用祝祷，大殿内不许燃香，当是出于安全防火的考虑，因为整座大殿是木结构的仿唐建筑。今天不是周末，大殿仅开侧门，殿内需要脱鞋进入，游人虽不少，却很安静。殿堂屋顶极高，檐外的深远斗拱起到悬臂梁的作用，殿内便不用支柱，显得宽敞明亮，一无阻碍。正中供奉一尊毗卢遮那佛像，连基座高约 13.8 米，由知名雕塑家，曾经参与过浙江普陀山观音道场重建工作，功底深厚，经验丰富的陈长庚教授建造，撷取敦煌、云冈、龙门等地佛像雕塑的精华元素，历时两年完成，为西半球第一大佛。佛像通体纯白，手结智拳印，结跏趺坐，慈颜雍容，意态端严。莲座下是彩色半浮雕的十二圆觉菩萨像，各具姿态，广视一切有缘众生。佛像外围的莲花台，上面供奉万尊小佛像，内侧饰以西方极乐世界壁画，外侧为五百罗汉壁画，台前有关羽、韦陀两伽蓝的白色浮雕护卫。古老的东方佛教传统，营造出祥和安稳的氛围，只为让人到此能观象发心，放下一切妄念杂想，接受佛祖的慈悲，佛光的照耀。

正殿右侧的观音殿，出于知名建筑设计大师贝聿铭博士的设计，是北美独一无二的全榫卯木结构仿唐建筑。殿内正中的佛龛内，供奉着一尊彩瓷童子拜观音像，雕塑的造型美与瓷器的质地美相辅相成，为当世所存最大的出土明代彩瓷观音像，请自浙江普陀山，历经数百年依然色彩莹润，瓷质细密，釉面光洁。佛龛左侧还有一尊木雕观音坐像，如真人大小，降临庄严寺的经过更有若干因缘巧合。

故事还要回溯到1930年。一位到纽约做生意的丹麦人，交给当时29岁的雕刻艺术家保罗·鲁丁一个木雕，说是古物，请他估价修复。年轻的保罗摆弄着头身分离、无手无眼的古像，自忖没有东方雕刻艺术功底，接不下这个活儿，决定请丹麦人搬回去另寻高明。可打电话三番五次无人接听，最后按地址去找，才发现该公司已倒闭，其人不知去向。于是保罗只得将雕像保存在自家阁楼，等待原主有朝一日来认领。

这一等就是大半个世纪，丹麦人再没出现，保罗已成皤然老者。1991年11月的某天，他偶然看到一份当地旧报纸，得知一批华人正在附近造一尊大佛，便携夫人去一探究竟。他们来到庄严寺，正赶上大佛像头部卸下石膏打光后的第五天。保罗以艺术家的专业眼光，对陈教授的雕塑技艺大为叹服，旋即求见沈家桢，表示愿以300美元的成本价，请美国佛学会收购并修复他保存的木雕。当佛学会正式去函同意收购，又不见他回音。

再过了三个月，鲁丁夫人只身来访，告知保罗已谢世，临终留下遗嘱：庄严寺内有能够修复古像之人，才是木雕可托付之处，他决定将木雕无偿捐赠给美国佛学会。

被搁置大半个世纪的残破木雕就此来到庄严寺。经陈长庚教授精心修复，再现了慈祥庄严、逍遥自在的观世音法相：脸部丰腴饱满，细眉凤目，眼睑微微下垂；面带微笑，头顶宝冠；戴瓔珞，披天衣，手搭膝头，坐于岩石之上。典型的水月观音姿势，温柔圆润，富有肌肉的弹性质感，手指、开脸的线条处理都十分细腻。后经美国史密森尼学会权威鉴定，为晚唐时期造于长安、洛阳一带的珍贵文物，至今已历 1300 多年。

千年之前，不知这尊菩萨造像曾被安放在大唐帝都的哪一处？千年之中，又是如何历尽天灾人祸，漂洋过海，辗转落入丹麦商人手中？千年之后，丹麦人明明有意修复，又为什么留下雕像之后一去杳如黄鹤？大纽约地区成名雕刻艺术家云集，他为什么偏偏挑中了初出茅庐的保罗？如果他将木雕托与名家，或保罗后来立志钻研东方雕刻艺术并完成修复，则这尊雕像恐怕早已被大博物馆收藏，怎么可能到得此处？庄严寺的营建始于 1975 年，距离保罗的家只有半小时车程，他却毫不知情。即便知情，若不是见到已完工的大佛头像，亲眼确认过陈教授的功力，他又怎么肯交托自己保管了 60 多年的古像？

所有的事情环环相扣，毫厘不爽，这尊珍贵的千年观音雕像才能回归中国人之手，由中国人修复，被供奉于中国人的庙宇中，在异邦受不同肤色、不同种族的信众顶礼膜拜。因缘玄妙，令人心生敬畏。

今天有一场英文弘法讲座，听讲的人陆续进来了。在地板上布置打坐坐垫的年轻僧人说，附近很多美国人喜欢到这里来静修，觉得在殿内特别能感觉到强大的“加持力”。不论人类文明如何演变，历史如何变迁，真正能留下来并惠及万世万邦的，唯有文化的传承。这座寺庙在这里，禅坐、念佛、礼佛，一系列活动有序开展，南传、藏传、汉传各家各派不分伯仲，八宗并弘；讲经班、静坐班、修习班、英文班、太极拳班、汉语班，一整套课程相继设立。中华文化的元素，自然而然散播开来。庄严寺还不定期联合其他宗教团体共同举办祈祷世界和平大会，以十方丛林的姿态立足于美东的山水之间，实践着一种与本土文化动态调试、碰撞、融合的当代弘法利生的新模式。

出了观音殿，沿原木回廊下来顺着净勤步道走。沿路山深林静，建筑组群轮廓线强调山势，居高临下，自然景观与佛寺景观浑然一体，环境幽邃，深得大熊山脉谷地的天然宁静之利，层叠曲折之巧。小小的净成园内，一丛修竹掩映的紫藤架下，一个中年男人坐在木椅上看书，等候去参加禅修的太太。说话间笑容可掬，一双绿松石颜色的眼睛，流淌着怡然自得的情绪。咫尺之外，雪儿蹲在净月亭前逗弄着知更鸟，一边发议论："我们生活在一个由误解、仇恨、贪婪、无知等等杂质构成的认知迷雾里，佛陀一生都在教我们如何自我开悟……嗯，他更像是一个精神领袖，一个老师……"

大三的女生，说来头头是道，典型的当代美国式的佛教接受观。近午的阳光铺天盖地照着他们。天地都是静静的，而庙宇庄严。默默存在，宽容地接受，只要保持此时此地的清净自在、平和中正，生命自会抵达应该抵达的地方。

19世纪中后期，随着中国和东南亚劳工抵达新大陆的佛教是被排斥、被蔑视的异教，信仰佛教的人们被禁锢，甚至被杀害。是西方的汉学家、哲学家们率先从理性哲学的角度开始正视佛教。佛教提供了开阔圆融的世界观，暗合现代宇宙哲学的理论而非与之相抵触。佛教的非教条主义也不要求信众接受任何僵化的制度、组织、仪式或戒律的约束，而是强调领悟，指引人们根据自己的经验去验证教义，代表着一种自由的智慧资源，超越了宗教的本位。同时对不同的宗教、不同的观点相当包容。人们完全可以不皈依佛教，而接受佛教的价值观，学习用佛教的方式修行，通过冥想禅修的活动放松身心，满足自我的精神需求。目前，美国的佛教徒人数已经发展到大约 300 万至 500 万人之间。

沿朱红曲桥到七宝湖，湖畔几株垂枝樱的粉色枝条飘拂，湖水倒映天光云影。成群的鲤鱼游来游去，如一支支鲜活的笔，用湖水储存的幽深讲述一个人用生命去奉行和追求宽容、平等、仁爱的真诚与执着，讲述他为梦想倾其所有，铁肩担道义的纯粹与坦荡。这个人的名字，就叫作沈家桢。

沈家桢，1913 年出生于杭州书香世家。早在 1969 年，沈家桢便被著名的《海事时代》杂志以封面头条新闻人物专文报道，称这位“美国航运公司”掌门人为“美国船王”。他曾用 10 艘比航空母舰还大的巨型自动货轮，在浩瀚的五大湖建起一支庞大的现代化船队，开创了美国西煤东运水陆联运线。迄今为止，西煤东运已为美国节省了超过 400 亿美元的能源进口费用，这条航线仍然继续发挥着战略作用。

因其母笃信佛教，沈家桢自幼崇敬信仰观世音菩萨。1960 年前后，佛学家张澄基教授到纽约演讲，他受到启发而认真学佛，从而发愿推动美国的佛教事业发展，竟至于放弃“美国船王”的地位，也放弃了可能成为“世界船王”的机会。

1964 年春，继妙峰法师、宣化上人之后到美国本土弘法的乐渡法师抵达纽约，经人介绍和沈家桢见面。乐渡法师感慨，若寺庙的功能只剩下供大众行求签拜纛一类的迷信之事，佛教各宗派之间只会彼此争斗，出家人只知道守着僧房吃斋念佛，则佛教正法绝不可能在美国立足。一番话，促使沈家桢决定和法师一起，组织一个佛教社团，共同为广大美国佛教而努力。同年 10 月，在当地居士信众的协助下，美国佛教学会成立，公推乐渡法师为首届会长。沈家桢当时仍担任美国轮船公司董事长兼首席执行官，工作繁重，没有参加首届董事会，只在幕后出资襄助，而他与夫人一起，广为布施、弘法的历程也自此正式开始。

1965 年，沈家桢购下纽约市布朗士区电话局大厦，改建为大觉寺，由乐渡法师出任首届住持，是美东最早的佛教正式寺院；1967 年，沈夫人购下三藩市唐人街中心地段的华盛顿街 3636 号大楼，捐赠给中美佛教协会（今称法界佛教协会）作为会场，其后沈氏夫妇又捐赠 30 万美元，资助该协会修缮十五街的金山寺；1969 年佛诞日，沈家桢首次在纽约大觉寺现身说法；1970 年，在纽约投资创立世界宗教发展研究院，自任院长兼董事长。两年后与纽约州立大学石溪分校合作，将研究院设立于长岛石溪校区的梅维尔纪念馆五楼，支持英文译经并印行佛学英文书籍，直到 1991 年 7 月，迁至庄严寺的和如纪念图书馆内。创立世界宗教研究院的同时，沈家桢又策划设置译经院，希望把大乘经典译成英文，使佛法能够直接进入欧美人的阅读范畴，而不仅在华人社会流传。因当时美国没有合适的人才，译经院最后选址落户在台湾。

精英存在于人类社会的价值，不在于能赢过多少人，而在于帮助了多少人。沈家桢为弘扬佛法所做出的贡献与牺牲，的确是罕见的。罕见的作为背后，深藏独到的眼光与匠心，闪耀着高贵人性的光辉。他认为，世界各民族在不同历史阶段创造的宗教，林林总总，各具特色，而净化人心、抑恶扬善是共同的目标。他是中国人，自当为弘扬佛教尽心尽力，但不等于必须排斥其他宗教。这样的胸襟格局，愿心悟性，不仅有佛家居士的精神内核，更有中华传统文化基因遗传的士子的文化诗性。他身为佛教徒，却不空谈信仰，而是身体力行。清静诚实的悲悯之心，明快果决的执行力，让沈家桢得以打破俗世与性灵、宗教与科学、证悟与知识的界限，向多元文化的纵深处掘进、探索、发扬。

他的佛学研究以中国传统文化为依托、以佛陀智能为主体，细致缜密，向西方世界展现了汉传佛教兼收并蓄的文化精神以及和平、宽容、坚忍的价值观。1989 年 7 月，沈夫人居和如病逝之后，沈家桢搬入庄严寺居住，全身心投入弘法利生的事业。他设立居士林，以沈夫人名下近百万美元的遗产，加上家属亲友的捐助，兴建和如纪念图书馆，作为世界宗教研究院的永久院址。这座规模庞大、设备现代化的佛学图书馆如今每逢周六对外开放，供社会大众使用。沈家桢继而督建太虚斋及大佛殿，继续完善庄严寺的功能和布局。其间坚持用英文宣讲佛理，又致力于将佛经典籍数据化的工作，直至2007年11月辞世。

眼前的“庄严世界”，是沈家桢一生慈悲喜舍、无私奉献的见证。沈家桢是成功的。他的作为，堪称前无古人，后启来者，谱写出一篇汉传佛教文化向西方传播的灿烂华章，厚重了他的生命，庄严了世界。

和国内千百年风霜堆聚的名刹古寺相比，眼前的一切都还很年轻，正如佛教的影响在西方文化史中的存在，方兴未艾。这一片美东深山幽谷中的庄严世界，也已是远近知名的旅游度假景点，尤其到秋季，这里是大熊山脉赏红叶的打卡处之一，不乏与那些名刹古寺相同的高古之气、渊静之气，结缘四海之气、为佛教西传走向更广阔的未来提供了坚实的基础。

一尊高达5米多的观世音菩萨雕像，立于七宝湖畔的另一头。菩萨仪容亲切恬静，神态俊逸，衣袂飘然，宛如一个巨大的感叹号，将一泓碧水的波光映照得灵气飞溅。僧房廊下的风铃隔空传来，使人仿佛听见万物天生自然的流响，也教人警醒，不断在嶙峋叠立的岁月里勇于自修自省，领悟清简自怡的生命意义。

日落时分，驱车返回喧嚣一如既往的凡俗人间。淡泊虚己，努力给自己的生命镶上文化诗性的金边。在祖国也好，在异邦也好，此心安处，不骄不躁，不卑不亢，让每一个平凡的日子都庄严起来。

江岚，博士，加拿大籍，现居美国， 从事域外英译中国古典文学、国际汉语教学的教学与研究。出版有学术论著《唐诗西传史论》、短篇小说集《故事中的女人》、长篇小说《合欢牡丹》、有声书系列《其实唐诗会说事儿》。现为美国人文社科华人教授协会理事、外联部主任，北美中文作家协会副会长兼外联部主任，加拿大女作家协会顾问。

文汇·小小说

小小说五篇

◎（美国）纪洞天

在开往郊区的公交车上

有一天，县委书记想一个人外出走走看看，散散心，他不想乘坐小车，所以没有告诉司机，他一个人独自买了车票上了开往郊区的公共汽车。

车子在弯弯曲曲的山路上开着开着，到了某个山岭的停靠站上来了两个人，他们像县委书记一样，也是空着双手没带任何包包。

车子没有跑多久，那两人突然都亮出了锋利的匕首，一个人还叫嚷道："劫车，劫车，大家都把钱掏出来，先交钱的头三个人每人只要交 50 元就可以了。后面的每人就要多交 100 元。"

很快就有三个人带头交了钱。

甲劫匪说："有人带头交钱了，交了钱就平安无事了，有样学样，赶快交钱！"

县委书记万万没有料到会在公车上遇上劫匪，怎么办呢？这事可是发生在自己管辖的一亩三分地上啊。就在这时，县委书记的手机响了，是司机打来的。县委书记立即把手机的音量放到最大，全车的人都听得清清楚楚的。

"张书记，你在哪里？急死我了，快告诉我地址，我马上就开车来接你。"

县委书记立即声音洪亮地说：“我是县委书记张宏鸣，我现在在开往郊区的公车上，我们全车人遇上两名劫匪了。”

两个劫匪没料到县委书记没有坐小车反倒坐在开往郊区的公车上，甲劫匪喊道：“大家别相信他的，他根本不可能是县委书记，县委书记出门都是坐小车的，怎么会乘坐在破旧的公交车上？”

县委书记说：“我就是县委书记张宏鸣，在座的乡亲们肯定有人在电视上见过我，有的人还和我说过话，握过手，拉过家常。共产党员们站出来，大家一起制止劫匪的抢劫！”

有几个乘客认出了县委书记的相貌，有人说：“我在电视上见过你，你真的是县委书记。”又有人说：“你到过我们的村子，你还在我邻居家里吃过饭。”

这时，有个干部模样的人喊道：“我是民政局的科员，我可以证明，他真的是县委书记张宏鸣。县委书记和我们在一起，我们不怕劫匪了。”

随后，又有人喊道：“我们有几十人，劫匪只有两个人，不要怕他们。”

这阵势出乎劫匪的意料，他们慌了，甲劫匪喊道：“大家不许动，谁动我就刺死谁！”

说时迟，那时快，那个自称是民政局的科员突然从劫匪的背后打掉了他的匕首，并且把他紧紧地抱住。

乙劫匪见甲劫匪的匕首被打掉了，顿时乱了方寸，不知该如何是好。

县委书记喊道：“乡亲们，赶快行动起来，制止劫匪，胜利属于我们！”

毕竟乘客们人多心齐，两名劫匪终于寡不敌众被制伏了。

根据县委书记手机的定位，小车司机和县公安局刑警队很快赶到了，两名劫匪交给了刑警队带回了公安局。

那位民政局的科员因为见义勇为制伏劫匪受到了表彰，并晋升为民政局的副科长。

神奇的钱袋

吴元浩在村子里是出了名的老实人。有一天夜里，他因有急事，抄近路穿过了一片坟地。忽然看到一个奇异的女人从对面走来。

走近时，吴元浩才发现对方是不久前死于急症的同村的林荣霞。

林荣霞是吴元浩的初恋，但因吴元浩家境不好，林家父母百般阻拦，林荣霞不得不另嫁他人。

这时，林荣霞递给吴元浩一个小袋子，说："这个钱袋给你。里面有两张纸币，记住，你只准取一张，要留下一张作为种子钱，它马上会再生出一张来，你永远也取不完。要是你全取走了，它就不再生钱了。你是老实人，你会记住的，但你的家人就难说了。"

林荣霞说完话，就不见踪影了。

吴元浩打开袋子，看到里面果然有两张纸币。

回到家里，吴元浩取出一张，不一会儿，钱袋里依然是两张纸币。

吴元浩家里有了这个神奇的"印钞机"，很快就发家致富了，他仍然是留在村里种田。

男大当婚，女大当嫁，吴元浩成了亲。

有一天，妻子问他："你是怎么发财的？光是种那几亩地你怎么会那么有钱？"

吴元浩实话实说，告诉了妻子他有个神奇的钱袋，并再三叮嘱妻子一定要取一张，留一张，万万不可全都取出来。

妻子说："你一百个放心好了，我才不会那么傻，把钱全取光了。"

吴元浩还是不放心，说："你一定要记住！记住！"

有一天，吴元浩不在家，妻子找出钱袋，打开一看，里面就只有两张纸币。

妻子心想，这袋子如果再多放几张纸币，生钱不是更快吗？她觉得吴元浩真是个死脑筋，不会变通。于是，她往钱袋里又放进了几张纸币，她取出一张又取出一张，最后钱袋里还剩下一张，可是她等了很久，钱袋里依然只有一张，并没有再生出钱来。怎么回事，这钱袋失灵了？妻子急得快要哭出来了。

吴元浩回来后，妻子把这事告诉他。

吴元浩火了，说：“你怎么可以把钱放入钱袋里？”

妻子说：“我也是好心，想让钱袋生出更多的钱来。”

吴元浩说：“可是你把钱放入钱袋，与种子钱混在一起，怎么分得清哪一张是种子钱，哪一张是你新放进去的？你实在是太贪心了！”

从此，吴元浩家的神奇的钱袋失灵了。

想回到古代的马

追风原本生活在内蒙古的大草原，有一年，赛马场的老板花了大价钱从牧民手中买了它。从此，它被训练成了一匹赛马。

枪声一响，12 匹马冲闸而出，它便是其中的一匹。骑手弓身伏背，策马飞鞭，它竭力狂奔，风驰电掣。场内一片欢腾，马迷们高声呼喊着自己选中的马号和名字，声嘶力竭。可这一切，不过是为了兑换成马迷们的金钱，不是为了沙场杀敌，建功立业。诗人们不再为骏马的奔跑而寄情讴歌了。“草原上的骏马哟，最快的是追风”，如今这诗句使乌骓流下了羞愧的热泪。

项羽的乌骓马呀，当年在乌江边，项羽令小卒牵马过江保命，可是乌骓马频频回顾霸王，不肯上船，最后长嘶咆哮，江心一跃，不知所往。唐朝名将秦叔宝病逝后，他的宝马忽雷驳不吃不喝数日，绝食而死。如今英雄不在，宝马何为啊？

一年又一年过去了，追风老了，当不了赛马，退役了。

有一年，一部古装剧的导演看中了它，向马场的老板租了追风。

剧组来到了陕西兴平市道常村拍摄外景。

追风终于重振雄风，它成了将军的战马，追风逐电，浴血沙场。

奇怪的事情发生了，剧组拍完外景，驯马师忽然发现追风不见了。人们四处寻找，就是不见追风的踪影，一连找了三天也找不到追风。就在人们绝望的时候，细心的编剧发现霍去病陵墓区的石雕群里多了一尊奔马石雕。

导演找到霍去病陵墓区的管理员，问他："你们墓区的石雕一共有几件？"

管理员脱口而出："14 件，有马踏匈奴、卧马、跃马、卧虎、卧象、石蛙、石鱼二、野人、野兽食羊、卧牛、人与熊、野猪、卧蟾。"

导演说："那为什么多出了一尊奔马的石雕？"

管理员说："不可能，你这是在白日做梦！"

导演带着管理员到了石雕群前，管理员一看，惊呆了，果然多出一尊奔马的石雕。

导演说："这尊石雕是我们带来的追风化成的，我们要带走它。"

管理员说："那不行，只要是陵园区内的一草一木你们都不能带走。这儿可是 1961 年国务院公布的全国重点文物保护单位，你要是带走石雕，我就得掉脑袋啊！"

导演毫无办法，只好空着两手去见马场的老板。

老板听说他的马化作石雕了，说啥也不肯相信，要求导演按合同赔偿他的损失。幸好只是一匹退役的赛马，老板也不敢喊出天价。

导演赔了钱，实在不甘心，便打报告向国家文物管理局要求赔偿损失。文物局听到这桩怪事，立即派出专家到霍去病墓区考察。经专家鉴定，这尊奔马石雕的造型手法和雄浑气势与那 14 件石雕完全一致。

文物局从未遇上这样的奇案，也不知该如何赔偿。时至今日这还是一桩悬案。

故宫失“马”记

夏曲冰是国际有名的窃画贼，他曾从法国的卢浮宫、英国的大英博物馆、美国的大都会博物馆盗窃过世界名画。

夏曲冰的盗画术从来不墨守成规，总是标新立异，有时甚至匪夷所思。

这天，夏曲冰正在翻阅唐朝胡子温的《谭宾录》，他喜欢浏览古代典籍，从中获取盗窃术创新的灵感。

夏曲冰读到李光弼的《母马计》时，眼睛突然一亮，绝了，此计之妙不亚于诸葛亮的草船借箭啊！

李光弼率唐军在河阳三城阻击史思明的叛军，双方僵持在那里已有快一年的时间了。史思明人多势众，兵强马壮，光是战马就有千匹之多，每天他都下令驱赶战马下河洗刷，借此向唐军炫耀叛军的军力，以动摇唐军的士气。

李光弼见此情形，便让各营搜检马匹，凡是母马，尤其是刚生过马驹的，一律集中起来，这样一共收集了500匹母马。这一天，史思明阵营像往常一样，又将战马放到河边洗刷，1000匹战马散布在河滩上，好不壮观。

就在马匹饮水嬉戏之际，李光弼便下令军士把收集的500匹母马也放了出来。这些母马因为有驹儿被系于城中，不免向着城里嘶鸣不已，那边的公马听到母马的嘶叫，也纷纷响应，不一会儿，史思明部的那些战马竟然不约而同地浮河而渡，纷纷跑到李光弼放出的母马中去寻找配偶了。

李光弼不费一刀一枪、一箭一弹就利用母马引来了敌营的千匹公马，平白地获得战马千匹。

夏曲冰请人临摹了唐朝大画家韩干的《玉花骢图》。

唐玄宗时将义和公主嫁于大宛宁远国王，宁远国王赠送唐朝两匹汗血宝马，韩干专门画了《玉花骢图》和《照夜白图》。可惜，《玉花骢图》的真迹已失，只有临摹的作品存世，而《照夜白图》却珍藏在故宫博物院里。

夏典冰带着《玉花骢图》来到故宫博物院，他找到《照夜白图》的展馆，趁着没人注意的时候，他悄悄地在《照夜白图》前展开了《玉花骢图》。奇怪的事情发生了，《照夜白图》中的照夜白突然鬃毛乍立，耳朵竖直，眼睛圆睁，挣脱了缰绳的羁绊从画中而出，跃入了《玉花骢图》中。夏曲冰立即卷起画卷迅速离开。用一幅临摹之作轻松地盗取了唐朝的宝马照夜白，值得，太值了。

当天，故宫博物院的工作人员就发现照夜白从《照夜白图》中莫名其实妙地消失了。从探头的图像中，工作人员锁定了夏曲冰。他的图像资料立即由公安部发往各个海关检查站。此人必须拦截，不得出境。

夏曲冰来到了某海关，被拦住了。

消息传到故宫博物院，工作人员立即牵着警犬赶到某海关。警犬早就嗅了《照夜白图》的气味，它从《玉花骢图》中嗅到了照夜白特殊的气味，便不停地“汪汪汪”直叫。海关人员问夏曲冰：“你还有什么好说的吗？”

夏曲冰说：“这只是一张临摹的习作，又不是文物，人人可带，何罪之有？”

海关人员说：“不错，玉花骢是临摹的，但照夜白可是唐朝的古迹。”

夏曲冰说：“笑话，有这样的事，你在说什么，我可听不明白。”

海关人员说：“说实话，我也不太明白，但有让你说明白的地方。”

照夜白回到了故宫博物院，可它再也回不到《照夜白图》中了，它只能存在于《玉花骢图》中。故宫工作人员为难了，失窃的照夜白虽然追回来了，但却无法展出。韩干的照夜白真迹与临摹的玉花骢混在一幅图中，这算是咋回事？是古人绘画的真迹，还是现代人的临摹之作，或是两者兼而有之？如果展出，照夜白会不会再次逃逸呢？谁也说不准，只好将它们都锁在故宫的库房里了，等到想出万全之策时再说吧！

真假妻子

刘宇飞一回家，刚进门，就惊呆了。

屋里站着两个人，都是他的妻子沈云凤，好像同一模子刻出来的。

这是怎么回事？沈云凤是独子，她并没有孪生姐妹啊！

两人都叫了起来："老刘，你回来了，快给评评理。"

刘宇飞头都大了，说："到底发生了什么事？"

两人都指着对方说："她是假的沈云凤，我才是真的嘛。"

沈云凤是天津人，说话带个"嘛"字，可眼前两人的声音、语调、频率完全一样，无法分辨。

刘宇飞想了想，有一回电视台举办"摸手辨妻"的活动，十个女人全都看不到脸，只伸出右手，刘宇飞只摸了第三个女人的手就判断她是自己的妻子，果然，正是沈云凤。刘宇飞说，我妻子包揽了一切家务，常用清洁剂洗碗，所以手掌的皮肤有点粗糙。我真是对不起她。刘宇飞的一番表白让沈云凤热泪盈眶。

刘宇飞摸了摸两人的手掌，全是一样的粗糙。这个办法也行不通！

刘宇飞进屋取了一张沈云凤的手迹，说："你们俩都写下《圣经》'创世纪'的头一句话：'起初神创造世界。'"

两人都写了那句话，可是与沈云凤的手迹一核对，一笔一画一点一捺全都相同。

刘宇飞没辙了，这时，他家养的狗阿黑跑了进来。

刘宇飞灵机一动，说："阿黑，快告诉我，谁是真的沈云凤。"

阿黑立即走上前，顿时，其中一人大叫起来，吓得逃之夭夭了。

刘宇飞摸了摸阿黑的脑袋，说："还是你厉害，你是佛祖如来，假美猴王见到你就现形了。"

刘宇飞问沈云凤："到底是怎么一回事，那个假沈云凤是怎么冒出来的？"

沈云凤说："我也不知道，我回到家里，她就坐在客厅，我见她和我长得一模一样，就问她，你是谁？怎么跑到我家来了？那人说，这是我的家，我没问你，你倒问起我来了。我和她争了起来，我叫她出去，可她死活不肯，我也没办法，只好等你回来把她赶走了。"

刘宇飞说："多亏阿黑，不然今天这个事我也不知该怎么了断。要是闹得满城风雨，这家丑就出大了。"

纪洞天，厦门人，福建省作协会员，世界华文微型小说研究会受邀理事，旅美华文作家。已出版微型小说集《木偶的新生》及《聊斋新义百篇》（与汪曾祺合著），长篇小说《测字世家》《传国玉玺的千古之谜》《1976最后的较量》。

小小说二题

◎鸿　琳

一条跳水自杀的鱼

我终于见到了那座石拱桥，在我跃出水面的那一瞬间，月亮升起来了，静静地悬在桥顶，那月亮让我感到陌生，就像身下这浅浅的河水，有些混，有些黏。只有那座让我魂牵梦萦的石拱桥依旧是那么古朴，桥两边那墨绿色的藤蔓依旧是那么悠长，和我记忆中的一样。当我重新跃入水中时，一块尖利的玻璃划破了我的肚皮，让我感到椎心的痛楚。

当我决定重返离别多年的家乡时，我已是一条年迈体衰的鱼了。我身上那曾经让我骄傲，令人艳羡的金光闪闪的红鳞早已黯然失色，我的尾巴也不再强劲有力，摇摆自如了。在千里迢迢的归途中，我孑然一身，历尽千辛万苦，可谓九死一生。我冲破了从天而降的渔网，躲过了锋利的鱼叉。我曾被电鱼器击昏过，还差点误入一条撒了毒药的河流。虽然我一次次逃过了厄运，但我感到自己的确老了，显得力不从心了。在翻越一道瀑布时，我整整花费了两天的时间。想当年，我是那么敏捷有力，再湍急的河流我都能一蹿而过，如履平地。要不人类怎么会有“鲤鱼跳龙门”这么一说呢？

我原来生活的那条河流风景优美，水清见底，两岸绿树成荫，当年为了爱情，我追寻着美丽动人的红鲤妹来到这里。我们在明净如镜的河里生儿育女，恩恩爱爱，快乐地生活了许多年。可不知什么时候开始，原来清澈见底的河水一天天变黄，变黑，变得臭气熏天，满河都漂着白色的泡沫。我那些健健康康的儿女们，不知得了什么怪病，开始烂腮、掉鳞。由于全身奇痒无比，它们忍不住总是死命在尖利的河石上蹭，直蹭得鳞片一块块脱落，鲜血淋漓，最后翻着鼓胀的肚皮相继死去。每当夜幕降临，河面上总飘荡着我银鲤妹伤心的哭声，凄惨悲哀，久久不息，让我听了肝肠欲断。最终，我的银鲤妹哭瞎了眼睛，什么也看不到了。在一个雾气迷蒙的清晨，她终究没能逃脱悲惨的命运，被一张渔网兜头网住。在被提出水面时，我听到她撕心裂肺的哭喊。

记忆中的家乡是多么温馨美丽，河水是那么清澈明净。河上有座石拱桥，两边有石级伸进水里，人们都爱在河里淘米洗菜，捣洗衣裳。每到夏天，男人小儿都爱到河里游泳，有胆大的还敢从桥上往水中扎猛子，整个河面都荡漾着快乐的笑声。还有河边浅滩上生长的水姜花，密密麻麻，就像小树林似的。河是我儿时的乐园，我总是和我的小伙伴们在花叶下快乐地穿梭，追逐嬉戏。常能见到小女孩儿挽着裤管来采花儿，那淡蓝色的花瓣搂在女孩怀里，泛着扑鼻的香气。

可这一切都离我远去了，当我肚皮被玻璃划破时我就意识到了这一点。出现在我面前的河流是如此污浊不堪，那刺鼻的臭味让我仿佛又回到了逃离的河流。稍不小心，石拱桥上的垃圾就天女散花般从天而降。无数的蚊虫和苍蝇在河面上“嗡嗡”飞舞。

我极少看到我同类，偶尔见到一两条细小的鱼儿也呆头呆脑。儿时的伙伴也消失得无影无踪，让我异常失望。终于有一天，在石拱桥下的一个石缝里，我见到了我儿时的玩伴白鲤。白鲤全身溃烂，奄奄一息，告诉我说这条河已污染得厉害，由于缺氧，鱼全都死了。我听了黯然神伤，潸然泪下。

在一个闷热的中午，白鲤死去了，它那爆裂的肚子流出发黑的肠子。就在我为最后一个伙伴离我远去悲痛欲绝时，石拱桥上传来惊喜的叫喊：

红鲤鱼，一条红鲤鱼。很快我的四周就响起杂乱的脚步声和快活的吆喝声。巨大的恐惧朝我袭来，我落荒而逃。可河水实在太浅了，无论我逃到哪里，我那暗红色的脊背总是暴露在白晃晃的阳光下，很快，一双大手就按住了我，我被拎了起来。

哈，好大一条红鲤鱼。我听到那汉子快活的笑声。我觉得那声音似曾相识，我看到那汉子脸上有一个月牙形的疤。我认识这个汉子，他曾是扎猛子的高手，身轻如燕，落水无声。那时我还小，有一回，在水中我钻进了他的裤裆，痒得他哈哈大笑，把我掏出来一看，说，一条小红鲤鱼儿。顺手又将我丢回河里。那时我很快活。没想到，过了这么多年，我又落在他手中。当年放我的是他，如今抓我的也是他，也许这就是天意。

那汉子将我抱在胸前，高高地坐在石拱桥上，极为快活地笑着。我不再挣扎，心情变得异常平静，我看了一眼天上那炙热的火球，一咬牙，猛地挣脱那汉子的怀抱，从高高的石拱桥上一跃而下，我知道那浅得不能再浅的河水承受不了我这沉重的一跌。

因此，我是一条跳水自杀的鱼。

一只蜘蛛的自白

我是一只“黑寡妇”雄性蜘蛛。

我真弄不明白，你们人类为什么将我们称为“黑寡妇”，这个绰号难听死了！好像我们都是死了丈夫没有男人的雌蜘蛛。其实这是不对的，像我，就是一只身强力壮的雄蜘蛛。

我遍体漆黑，油光滑亮，腿脚修长，身段敏捷，反应极快，我常年生活在热带雨林之中。我不像有些同类，寄居在你们人类的屋檐下、茅厕中，甚至蚊帐内，身上黄不黄黑不黑的，看了都恶心。它们就会在那些地方结上一张可怜巴巴的网，龟缩在那守株待兔，偶尔有一两只苍蝇、蚊子撞到网上，就乐不可支，手舞足蹈。常常遇到你们打扫卫生时，便被一扫帚打落在地，被“叭”地一脚踩死。真是可怜至极，我真为有这样的同类而感到羞愧。

我对苍蝇、蚊虫这类小昆虫是不屑一顾的，从不猎杀它们。我生活在热带雨林中，食物是非常丰富的，我从不结网守株待兔，我都是主动出击，稳、准、狠，命中率百分之百。我最骄傲的是猎杀过一只山地壁虎，捕食过一只张牙舞爪的螳螂，咬死过一只想置我于死地的长尾雀。

有一次，我正在一棵大树上午休，一只红面公猴（据说是你们人类的祖先）发现了我，觉得我好欺负，用一根草棍挑逗我。当时我正在做梦，梦见我正同一只美丽的雌蜘蛛在花丛中嬉戏，正当我准备当新郎的时候，红面公猴的挑逗打断了我的美梦。我勃然大怒，闪电般扑上去，在红面公猴手指上狠咬了一口。红面公猴痛得尖声怪叫，伸出毛茸茸的手掌向我拍来。我早有准备，一翻身从树上一跃而下。其实我在睡之前早就作了防备，将尾部的丝缠在树枝上，我纵身一跃，尾部的丝便源源不断地抽出。我就像荡秋千一样，从几十米高的树上轻松荡下，毫发无损。

我很羡慕你们人类有个温暖的家，有自己的父母，有自己的儿女。可我从出生以来就孑然一身，不知道自己的父母是谁，也不清楚自己还有没有兄弟姐妹，每每想到这些我就感到非常的可怜和孤独。你们人类有一首歌唱道：“世上只有妈妈好，没妈的孩子像根草。”我一想到这就会不由自主地流下眼泪，我决定去寻找自己的父母！

我爬过了高高的山冈，乘一片落叶渡过湍急的河流，进入了古木参天的密林。可我寻找了很长时间，也没有找到我的父母，令我感到异常的悲哀。就在我近乎绝望的时候，我遇到了那只年老体衰的蜘蛛爷爷。

蜘蛛爷爷全身已发白，瘦骨嶙峋，老态龙钟，并且断了两只前脚，走路趔趔趄趄，不时翻着跟头。我看见他时，他已三天没吃东西了，蜷缩在一个潮湿的树洞里奄奄一息，让人看了心酸。我捕了一只虎斑蝶送给他。

蜘蛛爷爷很感激，留我在他的洞穴里住了一个晚上。那晚森林里刮着好大的风，下着好大的雨，电闪雷鸣，万物狰狞。当蜘蛛爷爷得知我是去寻找自己的父母时，他的头摇得像拨浪鼓一般。那天晚上，他对我讲起了他的往事。他告诉我说我们“黑寡妇”蜘蛛是不会有父亲的，我们雄蜘蛛成年后在同雌蜘蛛交配完，就会被雌蜘蛛咬死裹腹，他这两条腿就是当年被雌蜘蛛咬掉的，幸亏他跑得快，要不早死了。

我听了不禁毛骨悚然。

蜘蛛爷爷又说，你现在明白了吧，为什么人类称我们为“黑寡妇”。

可我怎么也想不明白，雌蜘蛛怎么就会翻脸无情呢？你们人类不是常说一日夫妻百日恩吗？整个晚上，我辗转反侧，瞪着双眼，总想不明白这个道理。

第二天，我告别了蜘蛛爷爷，又开始了流浪。临别时，蜘蛛爷爷对我说，孩子，要想活命就千万别去亲近雌蜘蛛，这是我一生的经验，也是我给你的忠告。

带着蜘蛛爷爷的忠告，我又开始了漫无目的的旅程。我没有家，走到哪里算哪，饿了就捕杀一些小动物，困了就找个地方睡上一觉。在孤独的流浪中，我长成了一只健硕成熟的雄蜘蛛，在漫漫的长夜里，我倍感寂寞，开始思念异性，青春的骚动使我狂躁不已，我只能不断地在密林中穿行，来消耗体内的能量和不断产生的荷尔蒙。

这天，我爬上一棵高大的古树。天，你们猜我看到了什么？一只美丽丰腴的“黑寡妇”雌蜘蛛！她遍体油黑发亮，腿上的毛发在阳光的映照下闪着金色的光芒，她那双水汪汪的大眼睛含情脉脉，摄人心魂。我目不转睛地盯着她，全身血脉偾张，激情澎湃。这时，那只雌蜘蛛也看见了我，她对我顾盼生姿，眉目传情，欲说还羞。我嗅到她身上那诱人的气息，我再也按捺不住心中那长期压抑的渴望，朝美丽的雌蜘蛛扑去。就在我欲将她一把搂进怀里的时候，我猛地想起蜘蛛爷爷的忠告，眼前晃动着蜘蛛爷爷的残腿，我全身吓得打了个激灵，出了一身冷汗，缩回手，飞快地逃离那美丽的尤物。在我逃跑的一瞬间，我看到她眼里流出了失望的泪水。

其实我并没有逃远，一整天，那只雌蜘蛛美丽的倩影都在我脑海中翻滚。我明白，这辈子我是离不开这只美丽的雌蜘蛛了，我开始怀疑蜘蛛爷爷的忠告了。彻夜未眠，青春的骚动折磨得我死去活来。最后筋疲力尽的我睡过去了。

当太阳照在我身上的时候，我睁开了眼，斑驳的阳光从密匝匝的树叶间洒落下来，我听到树林中鸟儿的鸣唱，感到这世界变得那么的美好。我精心梳洗打扮了一番，急不可待地朝那只美丽的雌蜘蛛奔去，奋不顾身地朝她扑了过去，我们两情相悦，缱绻缠绵。突然，我感到大腿一阵剧痛，还没等我明白是怎么回事，我的两条腿脆生生从跟而断，低头一看，雌蜘蛛一反刚才温情脉脉的样子，面目狰狞，牙齿尖利，满嘴鲜血地啃着我的两条断腿。我猛然想起蜘蛛爷爷的忠告，转身就逃，可为时已晚，雌蜘蛛掉头猛扑过来，血盆大口一下就咬住了我的脖颈，我听到自己脖颈咯咯折断的声音。

在那一瞬间，我痛苦地想起：黑寡妇，真是一个贴切的称呼啊！

鸿琳，原名刘建军，中国作协会员，作品散见于省内外多家文学杂志，出版长篇叙事散文《翠江谣》，长篇小说《血师》《刘虎从军记》《檀河谣》《东方欲晓》等。曾获第 27 届福建省优秀文学作品一等奖，福建省第七届百花文艺奖二等奖、福建省第八届百花文艺奖三等奖等奖项。

文汇·散文

大佛寺之光

◎ 曾纪鑫

大佛寺到过两次。

第一次匆匆忙忙，那是 2004 年 7 月下旬，中国剧作家丝绸之路采风团从新疆经敦煌、玉门、嘉峪关往东一路行来，抵达张掖已是晚上，在市区一家酒店住了一晚，第二天参观的第一站，就是大佛寺。

大佛寺的主体建筑是大佛殿，殿内供奉着一尊巨大的卧佛：佛像头枕莲台，右臂向上弯曲，右手枕于面颊；左臂向下伸展，放在左边；整个身子外向右侧，仿佛面向芸芸众生，眼睛半开半合，目光朝上，凝于右前方某处；整个神态，显得既随意又专注，既达观又严谨，既自然又整饬。大佛寺给我最深刻的印象，就是佛像之大，超出了之前的想象。据导游介绍，佛像长 34.5 米，肩宽 7.5 米，脚长 5 米多，一根中指可平躺一人，一只耳朵能容八人并排而坐。最引人注目的是双脚，十个脚趾头并排平放朝外，竟有两三人之高！

那次的采风行程安排得满满当当，因要赶往下一座城市——武威，在大佛寺看了约半个小时，便匆匆离去。

2018 年 10 月，我又一次来到了大佛寺。

这尊释迦牟尼涅槃像静静地躺在主殿中心，在我眼里仍是那么巨大，充满了一种神圣感。卧佛后面，肃立着他的十大弟子；脚前，侍立一位男居士；头右，站着一位女居士。佛像建于西夏崇宗永安元年（1098 年），一晃920年过去，释迦牟尼与出家弟子、俗家子弟依然保持着当初的姿态，空气凝固了，时间静止了，现实消失了，他们似乎超越了过去与当下，超脱了生命与死亡，进入了真正的涅槃之境。静静地观看、感受，觉得他们身上又分明透着一种观照自身、关注世事、探索宇宙、包容万象的神情。恍惚间，悲与喜、空与实、内敛与外向、简单与繁复、超脱与执着、涅槃与新生、刹那与永恒，就这样有机地融在了一起……

佛教自传入中国2000年来，庙宇、石窟遍布华夏大地，所塑佛像更是林林总总。论质地，有金佛、银佛、铜佛、铁佛、木佛、瓷佛、泥佛、石佛等；论形态，有卧佛、坐佛、立佛；论大小，有高（长）达几十米之巨，也有小到几厘米之微……世界第一大卧佛为缅甸的瑞达良佛像，石雕，长54米；国内最大卧佛为四川潼南区马龙山摩崖群像中的一龛，石胎泥塑，长36米，开凿时间为80多年前；张掖这尊佛像，木架泥塑，就长度而言，位列世界第六、国内第二，但就室内泥塑佛像而言，堪称华夏之最。关键的是，卧佛在此一躺就是900多年，不仅阅尽人间沧桑，自身也历经风雨，笼罩着一层神秘而传奇的色彩。

我们常说佛教自东汉末年、西汉之初的两汉之际传入，实际是指传入中原大地，在此之前，中原以西的河西走廊，早就有佛教的传播者与信仰者了。那时，张掖地区的统治者是月氏、匈奴等少数民族，因与汉人长期处于对峙状态，交往不多，对佛教的传播与信奉知之甚少。据《汉书》《甘州府志》记载，汉武帝元狩二年（前121年），骠骑将军霍去病率大军出陇西，过焉支山，千里奇袭，大败匈奴，不仅擒获浑邪王子、相国、都尉及俘虏、首级8000多，战利品还有匈奴休屠王祭天的“金人”，带回后作为“大神”陈列在甘泉宫。这座一丈多长的“金人”，便是匈奴人崇拜的佛像。若以佛教界、学术界认可的佛教传入中国的时间——汉哀帝元寿元年（前2年）为凭，那么在此100多年前，张掖地区的原住民就已广泛信奉佛教了。因此，大佛寺、卧佛像的建造，也是佛教在河西走廊传播

1000 多年的结果。

西夏崇宗永安元年（1098 年）某日，国师嵬咩在他“敛神静居”的张掖居处闻得丝竹管弦之声，不禁循声而出，在其发声之处掘地丈余，获得一批古代窖藏文物，主要就是这四尊古卧佛像，用琉璃瓦和铜制佛龛秘藏，保存完好，光艳如新，栩栩如生。千百年来，河西走廊不断易主，新的主人西夏党项族立国刚满一个甲子 60 年，那么，这四尊卧佛以及供奉佛像的寺院造于何时？据出土“古记”记载，它们建造于近 800 年前的西晋惠帝永康元年（300 年）。

窖藏古佛像重现天日，在当时的甘州城轰动一时，不少信徒前来观赏朝拜。佛教讲究因果，嵬咩国师决定抓住这一难得的因缘，以此为契机，募资修建一座新的寺庙——卧佛殿。他一边在民间募集资金，一边利用自己的皇族、国师身份，获得国王支持——西夏王乾顺敕建甘州卧佛寺，赐额“卧佛”。经过五年艰辛努力，西夏崇宗贞观三年（1103 年），一座规模宏大的卧佛寺终于“横空出世”，既取代了日渐倾圮的旧寺，更让人们忽略了它的“前身”，后人将大佛寺的建造时间定格于重建之初的西夏崇宗永安元年（1098 年）。

历史总是充满了偶然与机缘，如果没有四尊出土卧佛，自然就不会有我们今天所见到的大佛寺及卧佛像。令我好奇的是，那四尊出土古佛到底多高、多大，如今置身何处？查阅相关资料，嵬咩国师为求宫廷支持，在他的授意下，其中三尊由张掖僧人法净携带前往西夏都城庆兴府（今宁夏银川市），献给了皇上乾顺。既为“携带”，可见佛像不大也不重。四尊塑像虽同为卧佛，但大小、形态肯定互异，各具神采。可以想见的是，大佛寺这座躺着的卧佛，便以那尊唯一留下的塑像为蓝本建造而成。

可是，这四尊佛像到底由何人所铸，为何秘藏地下？没有确凿的文字记载，只能根据张掖的历史、政治、军事、佛教传播等加以分析、推测。

卧佛表现的释迦牟尼涅槃情景，当与佛教涅槃学有关。印度佛教经典

《涅槃经》翻译于北凉后期，受涅槃理论影响，“涅槃宗”逐渐形成并盛行一时。因此，卧佛塑像极有可能受涅槃宗影响“应运而生”。据有关碑刻记载，唐朝以前，张掖迦叶如来寺一位僧人埋藏了一批古卧佛像，尔后去了印度北部的跋提（今名巴达哈商）。这位僧人为何要将供奉的卧佛埋入地下保存？这种情形，一是灾难性兵燹，二是大规模灭佛运动。若遇兵燹，军人一般不会加祸于僧人、寺庙与佛像，特别是佛法盛行之时。那么，为避灭佛运动的可能性更大。据涅槃宗兴盛及碑记所载，可知建造卧佛的时间当在北凉（397—460 年）后期与唐朝（618—907 年）之前。这期间，发生过北魏太武帝灭佛（始于 444 年）与北周武帝灭佛（始于 574 年）。北周武帝毁佛断道，时间长，涉及广，触动深，但他并不屠杀僧侣，还允许部分州郡保留有代表性的寺庙。因此，僧人不必深埋佛像，逃至印度，绝尘不归。据此可以推断，埋像事件发生在北魏太武帝拓跋焘灭佛之时。

拓跋焘曾三次下诏毁佛，先是诏诛长安僧尼，焚毁佛像，全国依此行事；再次下诏王公以下，不准“私养沙门”，否则，沙门自死，容留者诛杀全家；第三次下诏击破佛像，焚烧佛经佛图，不论老少沙门全部坑杀，今后胆敢信佛及塑造泥人、铜人者，满门抄斩。经过一次比一次更加严酷的禁令，北魏佛教受到毁灭性打击。正是在这一背景下，迦叶如来寺的一行僧人藏好卧佛，匆匆逃离张掖，奔走西域，四散流离，方躲过一劫。其中一位远遁印度，虽置身异域，但他念念不忘所藏佛像。太武灭佛，使得北方中土佛教低迷、衰落，这位僧人估计一时难以回归故里，念兹在兹，担心私藏佛像之事就此湮灭，便刻石《敕赐宝觉寺碑记》告之后世，冀望有朝一日“能以一花一香致瞻礼之诚者，必证佛果，复生天界”……

北魏王朝由鲜卑人拓跋氏建立，在太武灭佛 600 多年之后，经由拓跋氏的后代——党项族人嵬咩国师之手，四尊佛像终于“破土而出”。这，是否就是佛教所说的世道轮回？

卧佛深埋地底，经过一番长期积蓄、沉淀、酝酿乃至新的涅槃，当其重见天日之时，一时灵光迸现，魅力四射。

巨大的佛像建成了，它是嵬咩国师所掘出土卧佛的翻版与扩大。围绕“卧佛”这一中心，建造了相应的配套设施，新建的大佛寺取代了过去的迦叶如来寺。近千年来，历代扩建、重修不已。如明永乐大规模重建，除主体建筑卧佛殿外，还有牌楼、钟楼、前山门、后山门、大乘殿、轮藏殿、金刚天王殿、弥陀千佛塔（土塔）等九座建筑，大有“九五至尊”的皇家寺院气势。

大佛寺的主体建筑大佛殿，是全国仅存的一座西夏完整建筑。而今，大佛寺尚有古建筑20多座，馆藏文物1万多件，创下了多个中国之最——中国最大的佛教殿堂、最大的室内泥塑佛像，藏有中国最完整的初刻初印本佛经《大明三藏圣教北藏》（简称《北藏》）等。

静静地观看，默默地感受，尽可能地与关注对象融为一体，进入明心见性的参悟境地。

当然，完全沉静是不可能的，导游的解说，游客的熙来攘往，不时冒出的呼唤、喧哗等，都会干扰内心的宁静，将你拉回现实。大佛寺是人类文明活动的产物，加之居于张掖市中心，与尘世自然密不可分。宗教信仰与人间尘世，必须保持一定的联系，否则便难以为继，关键在于“度”的把握。

此次时间相对充裕，我在卧佛前肃立良久，浮想联翩，尔后又参观了寺内的壁画、珍藏以及前院、后殿等附属建筑。

卧佛身后的墙上，绘有一组以《西游记》为主题的壁画，所表现的故事场景，有《取水子母河》《大圣拜观音》《大圣闹天宫》《大战红孩儿》《路阻火焰山》《大闹金兜洞》等十来幅，占了满满一墙。这，也是寺内三组壁画中最引人注目的经典之作。记得儿时，《西游记》连环画是我的至爱，那些孙悟空大闹天宫、猪八戒娶媳妇、孙悟空三打白骨精、孙悟空三借芭蕉扇等故事，让我如痴如醉地沉迷其中。稍长，总算寻得一册原著，为当地农家所藏，也不珍惜，平时包个东西，或如厕没纸，就顺手撕下几页。虽然残缺不全，也能看个大概，总比连环画强多了。直到高中毕业回村当上民办教师，领到一份上级教育主管部门发放的民办教师补贴费，买了一套上中下三册的《西游记》原著，才算真正过足了一把“阅读瘾”。

壁画所绘内容，于我来说再熟悉不过了，不禁兴致勃发。所绘年代，说法不一，有说画于西夏，也有说绘于元代、明朝或清乾隆年间的，传得最多的是元末明初时期。若此说成立，那么壁画要比《西游记》成书早一两百年，吴承恩则直接或间接地吸收过这组壁画的“养分”。

玄奘西天取经，从长安（西安）出发，穿越河西走廊，取道新疆，历经吉尔吉斯斯坦、乌兹别克斯坦、阿富汗等地，最终抵达天竺（印度）。交通不畅、虎狼当道、险恶四伏，稍有不慎，就会遭遇不测，葬身大漠荒野。17 年后，玄奘这位唐僧不仅安然返回长安，还取回了印度佛教真经，这在当年，不啻人间神话。玄奘途经张掖，留下了诸多故事、传说，经过不断加工、演变、流传，打上了浓厚的古甘州地域色彩。特别是那些“言之凿凿”的地名，当你身临其境时，不禁心生敬畏，产生丰富的联想，至少不敢轻易证伪。张掖地区在《西游记》中出现的地名，读者耳熟能详的就有高老庄、流沙河、火焰山、通天河、黑水国、晾经台、牛魔王洞、八千里弱水等。壁画所绘故事，互相之间没有连续关系，某些地方甚至不同于《西游记》所述。如主要人物之一猪八戒，一提起他，人们就会想到他的好吃懒做、投机耍滑、贪杯好色，特别是高老庄招亲，婚后的老猪更是原形毕露，弄得高家鸡犬不宁。但壁画所绘，八戒却是一位勤劳干练的好儿郎，洗衣做饭，挑水砍柴，积极主动，样样能干，是一位堪称劳模的励志好青年。并且师徒四人取经途中，挑担前行的不是沙僧，而是偷懒耍滑的老猪，一副沉甸甸的担子压在他的肩上，令人忍俊不禁。这种情形的出现，可能与吴承恩在塑造八戒这一形象时，得考虑书中人物的性格发展与脉络走向——老猪贪吃懒散的性格，也是人性的一种反映，于是艺术加工，塑造成了今天我们熟知的八戒形象，给读者带来阅读的乐趣与快感。

当然，也不排除这组壁画绘于清乾隆年间的可能，即便如此，从中我们也能寻出文化双向交流的轨迹：先是“唐僧西行，故事东渐”，取经故事由河西走廊一传三晋大地，再传中原内地，三传东南沿海一带。淮安才子吴承恩在流传形式——俗讲、故事、传说、杂剧、平话等基础上，终于创作了不朽名著《西游记》。随着《西游记》的影响与日俱增，唐僧师徒四人取经的故事开始回传——向内地及西部渗透，并与当地原有故事、传说逐渐融合。当然，这种属于传播学范畴的“新西游”，其融合也有一个取舍过程。比如猪八戒，不管怎样，他也是张掖的女婿吧，得保留过去美好的形象，或者予以新的加工。这样一来，八戒被描绘成勤劳善良的阳光青年，也就不难理解了。

壁画绘者没有留下姓名，可以想见的是，他们既非享誉一时的名家，也非宫廷画匠，而是普普通通的民间艺人。作为一个群体，他们虽未留下具体姓名，但当我们面对这一幅幅气势恢宏、栩栩如生的壁画时，仍震撼不已。只要是真正的艺术，不论出自何人之手，都能穿越时空，焕发恒久的魅力。姓名并不重要，只是一个符号，经由劳动与创造之手，他们的生命已然融入画中，由此得以绵延、永生……

大佛卧在这儿，保持着固有的涅槃姿态，静静地躺着。岁月流逝，不舍昼夜，他对外部世界、滚滚红尘似乎漠然。其实，近千年来，除少数动荡、反常岁月外，他的身边，总是香火鼎盛，烛影摇曳，红男绿女熙来攘往。面对走马灯似去了又来、来了又去的众生，虽然肤色、面孔有别，但从他们的装束、表情、语言、举止等，就能感知世事的冷暖，推测世道的变迁……

有人根据张掖志书及民间传说，认为元世祖忽必烈诞生于大佛寺。据传，成吉思汗统一蒙古之前，常在甘州以北一带狩猎，将偏爱的小儿子拖雷带在身边。这天，成吉思汗带着皇后，拖雷带着他宠爱的王妃唆鲁禾帖尼一同来到甘州。身怀有孕的唆鲁禾帖尼对大佛寺盛名早有耳闻，于是扮成平民模样前来朝拜。大佛寺果真名不虚传，规模宏大，信众络绎不绝，王妃夹在摩肩接踵的人流中曲折前行、顶礼膜拜，突然感到腹部一阵剧烈的绞痛，原来是胎儿即将临盆。在方丈、职事僧的帮助下，王妃在寺内一间房子住下，顺利产下一子，他就是此后大名鼎鼎的忽必烈！

当然，传说归传说，今日无法考证，不过王妃唆鲁禾帖尼，也即后来册封的别吉太后故世，却安葬在了甘州路十字寺（即大佛寺）。拖雷共有11个儿子，唆鲁禾帖尼为他生了3个，其中两个当了皇帝，即元宪宗蒙哥与元世祖忽必烈。忽必烈为何要将信奉景教（基督教）的母亲葬于一座佛教寺庙？百年之后，元朝末代皇帝元顺帝及其大臣为何念念不忘前来大佛寺祭祀这位别吉太后？诸多难解之谜，无疑为这座千年古寺披上了一层神秘外衣，令人神往不已，恨不能一窥究竟。

正是这位前来祭祀先祖的元代末帝元顺帝，他的画像不像蒙古人，却似一位汉人，准确地说，酷似宋太祖。因此，不论官方还是民间，历来都有元顺帝妥懽帖睦尔乃宋恭帝赵显遗腹子之说。

这一说法也与大佛寺有关。

宋恭帝赵显乃南宋末帝，当元军围困临安，他随垂帘听政的祖母谢太皇太后、母亲全太后一同出降时，年仅6岁。此后，赵显便开始了长达47年的俘虏生涯，先是被押解到北京，后遣送至上都开平。不久，忽必烈又下诏，命其“学佛于吐蕃”。此吐蕃并非西藏，而指土伯特或唐兀特，张掖为其首府。于是，赵显经过一番辗转颠簸来到甘州。对此，《张掖县志》也有记载：“时显年十八岁……全太后同到甘州，驻大佛寺。”

赵显前来张掖正值青年，虽为和尚，但身份特殊，仍准许婚配，娶了一名回族女子为妻，产下一儿。围绕着这名漂亮的妻子，于是就有了种种传说。有说元明宗夺走赵显之妻，收其幼儿为养子，这位养子就是后来的元顺帝妥懽帖睦尔。有说时为周王的元明宗奉旨出镇云南，因不受诏，逃往西北沙漠，正巧与赵显为邻。一夜听得笙歌绵绵，不禁踱出帐外倾听，但见空中现出一团火光，降在不远处的一座帐篷之上。第二天方知，那座帐篷之内昨夜诞生了一名男婴，周王以为那团降落的火光实乃吉祥之兆，此子日后必将大贵，便恳请收为养子，取名妥懽帖睦尔……传说诸多，大同小异，无非这位元代末帝实为南宋末帝之子，所谓“元朝天下，南宋皇帝”是也。但近年有学者考证，此说纯属捕风捉影。

不论事实如何，总之又是一桩疑案，令人扑朔迷离。

清康熙年间，大佛寺又多了一则趣闻与传说。一天，康熙帝来到张掖，游览大佛寺（时称弘仁寺），忽见眼前卧佛占了整整七间大殿，手指粗于人腰，肩膀高达两层楼房，顿觉眼界大开，不禁心生欢喜，令随从文武官员每人吟诗一首。这些人无不欢欣踊跃，皆使出浑身解数，以博龙颜一悦，若受康熙赏识，说不定另眼相待、飞黄腾达呢。康熙听着，时而沉默，时而颔首，时而微笑，真是威不可测。轮到前来护驾的王进宝了，他是甘肃靖远人，家境贫寒，父母早亡，便以乞讨度日。后被甘肃提督张勇招为兵勇，在南羌平叛中作战勇武，升为标下游击。可他从未上学，是一员目不识丁的武将，若论吟诗作赋，可真有点难为他了。众人不禁替他担忧，为他捏了一把冷汗。王进宝自知难以回避，也就趋步上前，跪在地上，硬着头皮，不管三七二十一，吟出四句打油诗：“你倒睡得好，万事一齐了。我若学你睡，江山何人保！”虽属无甚文采的大白话，也是一番表白心迹、表达忠心的大实话。康熙听后大加赞赏：“众卿今日吟诗，当以王爱卿为冠。”当即传旨嘉奖，并将王进宝提升为西宁总兵。陪侍的其他有才、有识、有志之士，怎么也没想到这等舞文弄墨之事，会让一介武夫抢了风头……

近千年时光一晃而过，卧佛真是见多识广啦，上至皇帝达官富豪，下至平民贩夫走卒，去了来，来了去，转瞬间便消失得无影无踪。

大佛虽经多次翻修补塑，但总体框架没变，仍是西夏初建模样。若说变化，其实也有的，比如虫鼠咬噬、地震侵袭等，这些自然灾害对卧佛来说本属正常，也就不在话下，正如殿前门联所言：“不灭不生，法雨慈云天外现；无尘无垢，十洲三岛梦中游。”此岸彼岸，人间梦境，并无差等。

而人为的破坏于卧佛来说，则是另一码事了。远的战乱不提，就拿半个世纪前的“文革”来说，北京一批红卫兵前来张掖“点火”造反闹革命，偷偷闯进大佛寺，在卧佛腹部挖了一个直径一米的大洞，劫走藏在里面的铜镜、铜牌、铜壶、石碑、经券等国家级珍贵文物无数，后来仅追回佛经一卷、小铜佛一尊。

卧佛以木框为架，采用胎塑工艺建造，内有上中下三层，分为11个空间，每层铺有竹编花席以置放宝物。自西夏初建到乾隆年间，卧佛有过五次大修，每次都会放入一些珍贵文物。卧佛肚内到底有多少文物？谁也没有统计过。红卫兵到底劫走了多少，也就无法知晓。十年浩劫，于卧佛来说不过眨眼之事，可里面的珍宝流失了，腹部留下的大洞无论怎么修补，都无法达到以前的效果，留下了一处刺眼的“疤痕”。这印记，于大音稀声的卧佛而言，是否以某种形式告诫后人不要好了伤疤忘了痛？

人为的破坏不仅搅扰了卧佛的安宁，使大佛殿及配套建筑满目疮痍，其危害之烈，远甚天灾。这种强加其上的深刻烙印，是难以磨灭与忘却的。当然，法轮常转，日月常新，当你从后殿步出，也会见到一副门联：“一觉睡西天，谁知梦里乾坤大；祇身眠净土，只道其中日月长。”

千年沧桑，不仅外在的物质形态，大佛寺内里其实也透着一股巨变。比如由皇权的高度重视，到官方色彩逐渐淡化；比如由早期的藏传佛教，逐步向汉传佛教演变，此消彼长，时至今日，汉传佛教的因子越来越多，成分越来越浓。

如果说佛像、建筑是物质的，那么经书便是佛教的内涵与教义，物质与精神，二者不可或缺。在护持大佛寺的历代众多僧尼、信众之中，有一位值得后人永远纪念，她就是保护传世经书的本觉尼姑。

大佛寺中，藏有明英宗颁赐的堪称佛学百科全书的《北藏》，这套大型丛书于明永乐十八年（1420年）开始在京城雕版印刷，正统五年（1440年）全部印刷完毕，历时20年之久。《北藏》汇集佛教各宗派经籍、戒律、论藏，18万页，3000多万字。将所有经书从北京运至甘州城内，又花了5年时间。此外，大佛寺还藏有明代高僧、名流用金、银粉书写的20多万字的经书《大般若波罗蜜多经》以及明永乐年间印刷的佛曲等大批文物。

大佛寺的僧尼们深知责任重大，一代又一代，严密地看护着这些国之珍宝。

1937年，日军飞机轰炸兰州，为防不测，大佛寺住持在当地佛教协会帮助下，将所藏佛经全部转移至祁连山深处。后又秘密运回，在寺院一个不起眼的房间砌了一道夹墙，将存放经卷的12个橱柜全部藏入其中。住持将看护藏经的重任交给最值得信任的弟子，当然，知道这一秘密的人少之又少。后来，这一重任便落在了不甚起眼的本觉尼姑身上。

本觉俗姓姚，1901年生于甘州当地一个贫苦农民家庭，17岁出嫁，一年后丈夫不幸病逝。从此看破红尘，持名念佛。1948年，姚氏在永昌一家寺院受具足戒，削发为尼，法名本觉。四年后辗转来到大佛寺，受到住持信任，负责看管藏经殿，保护佛经。

“文革”期间，大佛寺受到冲击，本觉尼姑哪怕遭到批斗，受尽凌辱，她都坚守秘密，从未向外人透露半句佛经之事。1975年腊月二十三日夜，一件不幸的事情发生了。本觉长期住在寺内一间小屋，天寒地冻烧炕取暖时，不慎引发火灾，被无情的大火吞噬。事后清理本觉遗体、收拾烟熏火燎的残房时发现，小屋与藏经殿之间，竟有一条长长的暗道，12个橱柜整齐地排列其间，每个柜子都装满了经书。这些“重现天日”的珍贵佛经，包括《北藏》《大般若波罗蜜多经》等在内，共计1621部、636函、5795卷，全部完好，无一残缺。

漫步寺院，我们会看到一座汉白玉莲座尼姑雕像，这位受人瞻仰的尼姑，就是不负使命、护经有功的本觉。伟大来自平凡，一位朴实无华、默默无闻的尼姑，做出了足以辉耀文化史册的不朽功勋。

佛教自印度西来，在关键的一站——河西走廊留下三座大佛，另两座分别为张掖山丹县嘹高山大佛、武威市天梯山大佛。颇有意味的是，三尊大佛不仅建有三座相对应的大佛寺，且分别为卧、站、坐三种姿势。佛祖站久了，也得坐一下，最后躺着圆寂，彻底放松，进入涅槃之境。无论何种姿势，都是他现身说法的化身。

河西走廊长约1000公里，夹在祁连山与合黎山、龙首山等山脉之间，地域狭长，最窄处仅数公里，因形似走廊，故名。这里地势平坦、土质肥沃，虽有大片绿洲，但多为戈壁、沙漠地带。河西走廊不仅是丝绸之路的枢纽，也是亚、非、欧三大洲贸易往来的重要节点，还是中国文化、印度文化、希腊文化、阿拉伯伊斯兰文化等世界四大文化体系的交汇之地。河西走廊是佛教从印度传入中国的必经之地，而张掖，又是河西走廊的中心，三座大佛，张掖拥有其二，足见其地理位置、文化地位之重要！

张掖有“塞上江南”之称，是大漠中的“鱼米之乡”，河西走廊的军需、供应、补给等，离不开张掖的丰富物产。“不望祁连山顶雪，错把张掖当江南。”这里，至今仍保存着一座距今600多年的明代古粮仓，通风抗震，坚固耐用，可储粮770万公斤。现存廒房（仓库）9座，54间，仍能使用。

可见大佛寺建在张掖，卧佛在此一躺千年，并非偶然。所谓“一城山光，半城塔影，苇溪连片，遍地古刹”，便很好地概括了古时张掖经济繁华、文化兴盛之貌。

此次参观的时间相对充裕，但仍随团而来，时间一到，就得转身离去。大巴车启动，从窗口望去，最醒目的便是高挂寺院门楣的匾额，“大佛寺”三字由赵朴初先生题写，古朴、典雅、厚重。我一边默默告别，一边就想，他日得闲，当再次前来，待上个大半天。如有可能，静静披阅本觉尼姑保存下来的《北藏》及《大般若波罗蜜多经》金经，体验无边佛法，在广袤西北高远蔚蓝的天空之下，庶几可以洗去尘埃，明心见性。

曾纪鑫，一级作家，《厦门文艺》主编，中国作家协会会员，福建省传记文学学会副会长，厦门市作家协会副主席。出版专著30多部，作品被报刊、图书选载、连载并入选《大学语文》教材。代表作有历史文化散文《千秋家国梦》《历史的刀锋》《千古大变局》，长篇小说《楚庄纪事》《风流的驼哥》，长篇人物传记《晚明风骨·袁宏道传》《抗倭名将俞大猷》，论著《迟熟之果·中国戏剧发展与反思》，选集《历史的面孔》等。

江南的况味

◎ 郭春艳

江南，过去只是纸上梦幻，去过了，就成了邻家的院落，虽与它做不到“隔篱呼取尽余杯”，却也能“桃李春风一杯酒”，做做客，谈谈天。

江南的溪河湖泊、乡野集市、形胜景观、美味佳肴、掌故传说，时令节候与草木山色共辉，田园饮食与流年清欢同框，以我心观万物，江南就是一幅中国山水画，空灵，简白，轻盈，通透，可以清爽到心底，可以沉醉于一生。比如杭州和扬州，一个是最具江南气质的城市，一个是最涵烟火诗情的城市，各擅风情，共同代表了江南的况味。

诗 画 杭 州

小时候，杭州西湖是明信片上的仙境。只见铜版纸上，山色空蒙，湖水绿幽，花木扶疏，水榭流转，说不尽的曲意妙韵。大了有机会去杭州，才知云山秀水之外，有抹不去的时间和人物痕迹：西湖和苏轼，白堤和白居易，湖心岛和张岱，孤山和西泠印社，灵隐寺和李叔同……许许多多文人士子的造访和参与，成就了杭州一片风月和满城诗韵。

最初去杭州，是10年前送儿子上大学。那时杭州的大学是9月份开学，我和儿子乘坐飞机提前两天到杭州，还在飞机上过了一个中秋节。机组给每个乘客送了一块月饼。未落地，我像捧着一团西湖月，心里升起一种宋朝的婉约浪漫。

落地杭州后，住在武林广场附近。武林广场位于杭州主城区，京杭大运河主干从此经过。走在9月的杭州马路上，热浪滚滚来，但杭州人总是有秩序地行走，不争不抢，谦让有分寸，机动车总会礼让行人，很少有鸣笛催促，我去的那年杭州正争创全国文明城市，还有警校学生在各个路口执勤，引导行人过马路，解答行人的问询。他们彬彬有礼，给来到杭州的人一个欢迎的手势。所以，我走在杭州街上，并未感到陌生疏离，仿佛只是去最好的朋友家串了个门。

我见杭州多妩媚，料杭州见我应如是。走在杭州街上，花开着，树绿着，天蓝着，一溜儿黛瓦粉墙顺街展开，恍若打开了一幅宋人画的卷轴，扑入眼帘的原是寻常人家的日常。树枝撩动着风，绿影婆娑，映在墙上，如丰子恺的小画，颜色素淡，线条简练，清清透透，是江南的味道。有的时候，因为城市的气质和自己喜欢的正好契合，就会爱上这个地方。因为遇到的杭州人平易和亲近，问路时不厌其烦地告诉你，去超市买东西店员会和你聊聊家常，听姑娘说话，“这样呀”“好的呀”，即使被她们踩了脚生着气，也不忍去责备。整个杭州的上空荡漾着软软酥酥的气息，我的心被熏染得透亮而轻柔，心生喜悦和情意……

10年后，儿子定居杭州，我再次在暑假来到这个城市，有了更充足的时间去欣赏她、亲近她，重复地被江南的阴柔所包围，沉溺其间，乐而忘返。

这是一座以湖为魂、以山为骨的城，西湖嵌在城中，东面平原空阔，南西北三面是连绵青山，一半湖山一半城，眉目清秀得可以。有人说：“杭州的美，不是一眼看到底的惊艳。她就像斟茶讲究的七分满，国画讲究的留白，让人存了一份余韵在心中。”是呵，每次来杭州，我都要去西湖走一趟，一个人，坐上公交车，兜着江南潮湿的风，听着身边的吴侬软语，脚像踏着青草，人便轻盈地落入了西湖的风中和雨中。

杭州多雨，据说一年有204天在下雨，梅雨成为江南的一张名片。“待芒种前后，梅子黄熟之时，常竟日细雨绵绵。吹面不寒、沾衣不湿，故名梅雨。”外地人不知情，以为烟雨迷蒙的江南又是诗，又是画，又是传说，要不是下雨，要不是借雨伞，哪有许仙和白娘子的故事？其实，江南人对梅雨是又恨又喜，恨的是阴霾潮湿，心情不爽；喜的是在江南炎热的初夏来临，梅雨可遮阳蔽日、清凉消暑。我倒是喜欢杭州的雨，不疾不徐，不温不火，淋下来的是叮咚的诗词韵脚。“水光潋滟晴方好，山色空濛雨亦奇”，夏日午后，新雨初霁，湖面泛光，荷叶滴翠，那是苏东坡的闲情逸致；“小楼一夜听春雨，深巷明朝卖杏花”，那是陆游眼中的市井人情；“窗前梅熟落蒂，墙下笋成出林。连雨不知春去，一晴方觉夏深”，梅雨天，雨绵长，竟然不知春早逝、夏已临，那是范成大的春困夏乏；“黄梅时节家家雨，青草池塘处处蛙。有约不来过夜半，闲敲棋子落灯花”，那是赵师秀的心静如水。那一次我是独自来到西湖，曲院荷风观荷，苏堤白堤闲步，三潭印月看船，终是偿还了小时想见却未了的相思债。走着走着，初时晴日，霎时雨来，飘飘洒洒，如雾如纱，不必打伞，便觉清凉满怀，说不出的微妙情意。这一个夏天的记忆就这样被雨打湿，每想到杭州，就是这个雨湖画面。

一座城市给我的印象大抵是它的标志性建筑、历史或传说、名人和事件，甚至仅仅是一本书、一首诗、一句成语。因为时光太久，过滤了太多的杂质，沉下来的多是左右历史进程和打动人心的人、物、事，譬如苏轼、白居易诗里的杭州、张岱小品文中的湖心亭、老舍笔下的北京、张爱玲文字间的上海，他们是用眼睛和心灵打量着城市，又让城市熏染上他们的性情和心境，打烙上鲜活的个人生命印记，呈现出隐秘又致趣的心灵细节。初识杭州，更确切地说，第一次知道西湖，我是在苏轼、白居易诗里读到她清秀模样的。得见真颜时，便觉得她配得上诗人的赞美，也难怪白居易不忍离去，“未能抛得杭州去，一半勾留是此湖”，也难怪苏轼被贬杭州时不消沉，修起了堤岸，六座桥种了一路的柳树和桃树，也难怪歌伎苏小小死了犹“埋骨西泠”，一缕倩魂亦不忍离开西湖，也难怪台湾美学家蒋勋初春拂晓行至柳浪闻莺处，一根根细丝般的柳枝撩得他心醉，直想在此沉沉睡去慢慢老去。

走累了，我停下来，在西湖边的饭店吃了顿午饭。都说从古至今文人墨客的诗文有一大半是留给杭州的，从此杭州的饮食便沁入了一脉诗情和几许风雅。坐到店里，我点了龙井虾仁和西湖醋鱼。前者是龙井碧绿、虾仁玉白，一盘便盛满一个春天，全是苏东坡的“且将新火试新茶，诗酒趁年华”之创意。后者相传是由宋代名厨宋五嫂所创，做法是草鱼饿养两天，酱油调色，微酸微甜。梁实秋曾说：“汁里加醋，但不宜加多，可以加少许酱油，也不能多加。汁不要多，也不要浓，更不要油，要清清淡淡，微微透明。上面可以略撒姜末，不可加葱丝，更绝对不可加糖，如此方能保持现杀活鱼之原味。”哈哈，文人原来都是老饕，美不可怠慢，吃也很重要，口腹之欲是万万不能错过的。我尝杭州的菜，不咸不油，云淡风轻，是我喜欢的味道，恰如自己做人行事的风格。从杭州回长春时，我还带回一大袋西湖藕粉，每天融化一杯，颜色莹润，味道清甜，当真是“十里荷花，三秋桂子”的映射，藕粉里有西湖的前世，我已被化成绕指柔，沉沦不归。

杭州有山水的底色，有人文格调，有烟火气息，也有世俗人情，人和景彼此相契相得，物和我相谐相亲，才让杭州越过时间帷幕，成为一种可参照的生活模式，一种可追慕的文化范式，给今天的人们以清钟一记，叫醒心底里的真意真趣，过得踏实又诗意。

如此情境，能不忆江南？岂会忘杭州？

烟火扬州

初遇杭州是在夏天，新识扬州也是在夏天。

早就想去扬州看一看，毕竟扬州一直活在我默背的诗词中。我心里的扬州，一定是风情万种的，一定是婉约多姿的，一定是水波荡漾的。在我印象中，扬州是活在诗词里的："烟花三月下扬州""春风十里扬州路""买断扬州十里春"。扬州俨然已是一幅春景图，让人跌入声色想象中，只等出发。

去年8月，我自己一个人拖着箱子，坐着高速公路大巴，颠簸4个小时到扬州。高速公路上的旅程是寂寞的，窗外没有什么风景，随车速退后的是树影和田间的风，诗和远方都在未知的路上。

车到扬州西站，我依靠高德地图，一路打听，找到了公交车站，坐了23站，又步行了10多分钟，才找到网上预订的一家民宿。店家是本地人，三十几岁的年龄，操着扬州味道的普通话，语调轻缓，语音柔软，落到我心底，漫延成一汪温柔。一番扫码登记后，我住下来。这家民宿的天井布置着小桥流水游鱼，回廊转弯处，横斜着竹子和凌霄花，整个院子熏蒸着一股湿润和温热的气息，是家常的也是市井的味道。我微微出汗，一下子放松下来，宾至如归，仿佛前生就是江南人，我已然不是过客，而是归人。

个园、瘦西湖、小秦淮和东关街都在住处附近，我用了两天时间走了这几个地方。第一印象就是街道整洁、民风淳朴，人和城都有一股清鲜平和的味和态。个园，因为园中竹子多，竹子又形似"个"字，而被称作"个园"。瘦西湖相对于杭州西湖而言，曲线玲珑，瘦而不弱，一带细水，两岸花柳，瘦得能见风物，瘦得能见风骨。小秦淮是一条蜿蜒曲折的江南水道，小船悠悠地撑过去，小金山，法海寺，五亭桥，平山堂，一路的扬州时光断片如电影镜头似的展开。东关街是扬州最有代表性的一条老街，店铺林立，散出的都是最朴实的民俗味道。走着，看着，我忽然明白了一个道理：扬州才子真多，园林河湖的名字都起得那么简白而清韵悠长。“个”有形也有声，“瘦”有姿也有态，“小”有情也有致，呈现了作为浓缩江南之景的扬州之美。这里有杭州的西湖，只不过是瘦的；这里有南京的秦淮河，只不过是小的；这里有苏州的园林，只不过更涵文人气。正像朱自清先生说瘦西湖“假西湖之名以行，雅得这样俗”，扬州借来杭州西湖和南京秦淮河的名字，婉转的却是自己的风情，雅到俗，艳至骨，情入腑，听着都醉了。

我是从杭州赶到扬州的，随手就会拿杭州和扬州做个比较。我觉得，杭州胜在风流飘逸，而扬州却美在剔透玲珑、秀在暗香盈袖，那瘦西湖的一桥风月和个园的丛丛竹韵，看似不经意，却是旧时光的沉积和老味道的堆砌，更适合生活和回味。我只游了瘦西湖，只走了个园，只闲步了一条东关街，就能体会到扬州那种温热的世俗味道。扬州街不宽，楼不高，低调古朴，湿润干净，随意而行，却不担心迷路，绕一个弯，再转一个角，无论怎样游走，看见的始终都是酒楼茶馆、小桥人家，不觉地就有了回家的感觉。

在我看来，瘦西湖是文人的客厅，个园是富商的后花园，东关街是市民的厨房，扬州糅合了文人、商人和市民的趣味，吸附了吴越文化的纤巧、细腻和柔美气质，蔚成一片风月，你读“腰缠十万贯，骑鹤上扬州”，“人生只合扬州死，禅智山光好墓田”，就能读出一缕缕世俗和享乐之味，那些唐宋文人到了扬州完全没了英雄慷慨之气，全卸下盔甲，耽溺在爱欲狂欢之中了。

单说二十四桥，扬州的美三分在瘦西湖，瘦西湖的美三分在二十四桥。而一座普通的桥如此名声大噪，全赖于不得志的文人追捧，如杜牧和姜夔。杜郎慨叹“十年一觉扬州梦，赢得青楼薄幸名”，姜夔便唏嘘“二十四桥仍在，波心荡，冷月无声”，怅然若失之后的颓然。据说惆怅的姜夔后来与一个叫小红的妓女定居在扬州。明末张岱在《陶庵梦忆》中写了整整一节扬州的秦楼楚馆、酒肆茶坊的繁华，题目为《二十四桥风月》。文人将扬州营造得风月无边，风月又滋养了文人的性情和灵感，二者达到了相濡以沫的共融，才有了今天扬州的世俗味道。

这种世俗味道是暧昧的，也是暖热的，扬州人用享乐的心情，将风月生生烹成了一碗人间烟火。这种世俗味道最早我是在朱自清先生的文中嗅到的。作为扬州人的朱自清，走笔行文的缝隙间，有风景，有饮食，有花草，皆可见他对这座城的欢喜和怀念：《看花》中，说起小时和同学去福缘庵吃桃子的事乐不可支；《扬州的夏日》里，他津津乐道于扬州的茶馆，尤其是北门外临河一带的茶馆，船上乘客可以向茶馆要一壶茶或小笼点心，在河中悠哉游哉地享用，回来时再将茶壶和小笼连价款一并交给茶馆中人。所有这些记忆和情感，凝结在《我是扬州人》这篇文章中。他自称因为童年在扬州度过，所以扬州才是他的故乡，“扬州好也罢，歹也罢，我总该算是扬州人的”。后来读《射雕英雄传》，里面有一桥段也让我流口水。黄蓉为了让洪七公收郭靖为徒，做了一道菜，就是火腿里放 24 个豆腐球再上屉蒸，并给这道菜取了个风雅的名叫“二十四桥明月夜”。洪七公尝后大为倾倒，于是收了郭靖为徒。这道金庸想象出来的菜，后来由蔡澜先生研发出来，可见美食家对吃的痴迷和执着。而扬州人也像蔡澜一样，有一种吃货的不倦精神，早晨皮包水，晚上水包皮，精致又温柔，细腻又考究，从来不将就。

循着朱自清的文脉，我摸到了扬州，又信步到了东关街，真真切切地闻到了扬州的烟火味道。东关街是条老街，古色古香，最能反射扬州的老味道。窄窄的石板巷，挤挤挨挨的店铺，青砖灰瓦，各家小店门口都亮着招牌和广告语，香粉折扇丝绸，酱菜肉脯老鹅，色香味扑过来，在 30 度的夏天里容易熏醉过去。我拐到一家老字号茶楼，坐在喧嚣的店堂里，吃了一顿扬州早茶。早晨的茶楼人声鼎沸，围坐一桌的都是熟人，看似家人友人或者恋人，他们说着温软的扬州话，在热气腾腾的茶饭掩映下，畅意地享受着一个夏日辰光。

扬州的小笼点心种类繁多，有肉馅、蟹肉馅、笋肉馅、干菜馅的，而我最喜欢三丁包。三丁包是扬州名点，它以面粉发酵和馅心精细取胜，清人袁枚称包子外形“手捺之不盈半寸，放松仍隆然而高”，馅心是按比例放入的鸡丁、肉丁、笋丁，鸡丁大、肉丁中、笋丁小，颗粒分明，入到口中鲜香脆嫩，食不黏牙，唇齿留香。还有烫干丝，朱自清说起这款小吃也是兴致盎然：“先将一大块方的白豆腐干飞快地切成薄片，再切为细丝，放在小碗里，用开水一浇，干丝便熟了；逼去了水，抟成圆锥似的，再倒上麻酱油，搁一撮虾米和干笋丝在尖儿，就成。”为不虚扬州之行，不喜吃干豆腐的我，也下箸挑起干丝，一入口，清香入腑，豆香、酱油香、芝麻香三香俱足，配三丁包绝对贴心安胃。于是，几只包子，一碟烫干丝，便满足了我刚醒来的味蕾。也让我看到了这一幕：一家人，一壶茶，一笼点心，扬州人在早茶里开始了他们一天的慢生活。那种缓慢中细细品味时间味道的气度，才是扬州风月的底子，不动声色的态度，不急不躁的个性，亦雅亦闲的调子，看似锋芒不露，却是无招胜有招的看破，也是若即若离的精神坚守，经年不变地滋养着这方水土和扬州人。

吃饱了，绕着小秦淮慢行，丽日，蓝天，碧水，黛瓦，白墙，一弯弯石桥，一棵棵垂柳，一座座民居，时间和河水一起流淌。河边一位老者坐在藤椅上翻报纸，脚下躺着一只猫，慵懒地晒着太阳……我和老者打着招呼，老者也温和地对我微笑。我一下子感受到了扬州的暖，不浓烈，平静如穿城而过的运河水，优柔地流淌着，适意，轻松。

放下珠帘的扬州，洗尽脂粉的扬州，世俗得让人欢喜。

郭春艳，吉林延吉人，笔名燕泥，编审，1966年生，毕业于东北师范大学中文系，吉林省作家协会会员，中国世界华文文学学会会员。著有《简单的寂寞》《纸上爱情》《爱情道具》《气质女人》《风度男人》《咖啡物语》《香水情氛》《声色繁花红楼梦》《花看半开》等书。曾发表散文及图书评论百余篇。多篇作品被转载。随笔《人淡如菊》被北京市教委列为北京市高中必读70篇散文之一。

知归驿站东篱居

◎ 陈志铭

我把我的新居称为东篱居，别称知归驿站。从生到死，便是人生。人生有来便有归，年少时知归不觉归，年老时归程一天天逼近，知归的感觉逐渐凸显。

东篱居在和厦门接壤的角美镇。我生于厦门，长于厦门，在厦门度过了六七十年时光，但我祖父说，他和祖母都来自漳州。从这点上说，也是一种故土回归。

新居小区叫富雅国际。小区里草木繁盛，我每天要遛狗四次，就行走在这草木之间。石砖路边是绿草地，边沿是灌木，有杜鹃、蓝花草、米仔兰、龙船花、迎春花、大花芦莉等，稍高的树木有鸡蛋花、桂花、紫薇、刺葵、黄金串钱柳，高的乔木，品种也多，有洋浦桃、柚、秋枫、榕树、菩提，有黄槿、鹅掌柴、羊蹄甲、黄槐加明、鸡冠刺桐，最多的是樟木。对于四代在厦门生活的我来说，总觉得凤凰木和三角梅太少了，它们是厦门的市树和市花。我常常想起 1983 年瑞金宾馆的早晨，清新空气中草木香弥漫，鸟喧悦耳。旅程中好的驿站，总令人心旷神怡。富雅小区不大，小区草木向我打开自然界四季的画卷，令人百读不厌。它宁静，只有华灯初上晚风习习时热闹，孩子们脚踩旱冰鞋，追逐嬉耍，旱冰鞋上彩灯闪烁。有老人散步，有青年跑步。勃勃生气扑面而来。

我家住在 26 楼，师友们的书画惠赠装点着墙面，有孙煌的书法与篆刻，有林英仪90多岁时的画作《兰竹精品》，有林则徐的老师王鼎后人白墨的《胜似春光》图，有林岑指墨画《纵然一夜风吹去》，还有黄顺昌《草泽雄风》、林潮翔套色木刻《篝火夜读》、赵庆生《梅花》、我姑父谢重光的胞弟谢澄光的书法作品等，为墙面增色不少。近几年来，厦门市老干局每年组织一次书画展，我便每年写一首由其规定主题的近体诗，由同事郑伯铭书写，送展。郑伯铭的字主攻隶书，曾在全市举办过个人书法展，其字耐读耐品，意味隽永。东篱居大厅留一个位置挂他的书法，去年挂的是一幅歌唱党的《七律》："血雨腥风夜未央，嘉兴湖畔船开航。古田大雪燃篝火，遵义灯光铸伟章。万里长征甲未卸，百年指引帜高扬。春风化雨倾心曲，不老青山绿水长。"今年挂的是一幅歌颂中华人民共和国成立70周年的《七律》："殷商甲骨秦时简，汉月唐诗照我心。日挂中天凝碧血，蟾升旷古沐芳魂。百年屈辱红旗卷，一代英豪大梦奔。七秩诞辰天下庆，欢歌唱罢泪千寻。"

东篱居使我平生第一次，拥有了自己的书房。

小学、初中和高中，别说书房，我家连书桌也没有。做作业，便在餐桌上写。弟弟上学后，妈妈的缝纫机，上面有巴掌大空地，也便成了我的书桌。家里有两种煤油灯，大煤油灯极少使用，小煤油灯陪伴我12年的读书生涯。我初中就读于厦门六中，初一时很顽皮，没评上三好生，初二、初三四个学期都评上三好生。高中就读于厦门一中，无论半期考还是期终考，我的成绩总平均都在班级前五名，学生会、团委会和团支部工作也没落下，每学期都被评上三好生。厦门市召开首届学习毛主席著作先进集体积极分子代表大会，我被推选为代表参加。1966年五四青年节，学校授予我优秀毕业生和优秀共青团员称号。这些荣誉自然不值得显摆，但那是遥远年代的记忆。

上山下乡到上杭古田竹岭凹头，我第一次拥有自己的书桌，那是生产队的一张小桌子。生产队让我们知青集体住在粮仓里，谷子都挪到前厅和走廊，两侧内屋成了我们男女宿舍。我的书桌，就摆在内屋最里面一口小窗下。煤油灯如豆的火舌，铺下半尺见方的金色世界，让我写日记，写诗，读寥寥无几的书。其中，《马克思传》是我最喜爱的书籍之一。书中哲学问题，我不甚了了。后来，生产队修了座祠堂，我们便搬进新居。宿舍里有了一张崭新的书桌，和我同宿舍的两位同伴平时很少用书桌，书桌几乎由我独享。来了一位下放干部老詹，生产队便在我们集体宿舍外搭了间耳房。下放干部回城后，我搬进了那间斗室。斗室很小，放了一张床铺和桌子后，放不下椅子了。床沿成了椅子。山村蚊子多，我自制一张矮脚桌，夜晚放在床上，蚊帐里便成了我的书房。

后来，我调回厦门，在育新小学教书，有了自己的书橱。再后来，结婚成家，高考制度刚恢复，我考上了厦门大学中文系，自然是有书桌也有书橱。大学毕业后，无论是在市委机关还是在政府部门工作，我都没有独立的书房。市委宣传部曾分给我二房一厅的单元房，实用面积35平方米，主卧放不下书橱，书橱就放在女儿房里。那是妻子请焊工焊的铁架橱，十分笨重。当小房换成较大的房（95平方米），卧室包容书房。独立书房，对我来说是一个奢侈的梦，遥不可及，我连想都不去想它。

到了古稀之年，我终于拥有独立的书房，它20多平方米。除了门，三面墙做落地书橱，另一面为落地窗，紧挨书桌。原想书只摆单列，书脊一目了然，无奈书太多，不够摆，只得摆双列。说真的，我已过了如饥似渴地寻书读书的年纪，且网络上的书汗牛充栋，那些读过的好书会不会温故知新，那些从未读过的书会不会一亲芳泽，尚是未知之数。然而，毕竟大半生和书结缘，让书香拥抱晚年，不也是人生一大乐事！

旧居在厦门中山路旁南田巷，建不了电梯，老了，快走不动了，只能搬家。厦门房价高得惊人，我只能望而却步。也许，卖掉旧房，加上所有储蓄，可以在厦门买一套新房，但崇尚简单生活的我，受不了这一番折腾。角美的房价，只有厦门的四分之一，这对我是巨大的诱惑。于是，我搬进了 140 平方米的新居。

和新居结缘，出于一个偶然。前几年，我到角美温泉馆游泳，有一次 853 路公交车停在一处我完全陌生的地方。下车四顾，到处在大兴土木。大前年和妻子到角美看房，到了当年我四顾茫然的地方，有一座楼盘叫“富雅国际”，开发商取名有趣，“富”字当头，还想附庸风雅，且与“国际”接轨。那天正好此楼开盘，妻子喜欢它南北通透，公共区域草木葳蕤，便交了订金。

这套房交给专业装修公司装修，房子里的橱柜也由其一并打造，断断续续，前后装修了一年。房子有四居室，女儿、女婿不在身边，老两口加上一条狗、两只猫，空间绰绰有余。书房便突如其来地出现在我的生活里。

书房墙壁，我特意留了一点空白，挂一幅字，两张照片。字是文友陈元麟所书“惠风和畅”，照片装在一个清代旧相框里。上面一张是“全国世界文化遗产工作会议合影”，有梁思成的弟子罗哲文，有时任文化部部长后任全国政协副主席的孙家正，有时任国家文物局局长后任故宫博物院院长的单霁翔，还有全国各地的文物工作者。相片拍摄于我退休的前一年。下面一张是“纪念恢复高考制度暨入学四十周年　厦门大学中文系七七级师生合影”，大家都围着一条红围巾，那是特意为这次活动定制的纪念品。我原先的卧室兼书房名为“面壁斋”，现在书房里摆一尊达摩祖师的瓷像，算是面壁斋的延续。

“采菊东篱下，悠然见南山。”从书桌前的落地窗望去，悠然可见的是十多座高楼，楼谷底是中庭和规整的树木，虽无千峰翠绿，却有盎然生气。走出书房到阳台上，可见厦门双十中学漳州校区的教学楼、宿舍楼和体育场，还可见东山村落民居和村中的龟山，村里尚保存一些明清古民居，如林氏家庙和九十九间厝。村边有东山实验小学。和东山村隔一条马路的是石厝村，村里房子已全部现代化。村边河是锦江支流，直通九龙江入海口，河畔有幼儿园和基督教堂，还有漳州第五医院。城市与农村，在这里融合。

书房门前走廊上，挂一幅赵孟頫的字（当然，是高仿的），内容是陶渊明的《归去来兮辞》。

书房里，单单字典、词典，就有《辞海》《汉语大词典》《新华词典》《说文解字》《康熙字典》等。工具书是沉默的老师。不妨说个小例子，北宋吴夲是厦门神医，“夲”字在《辞海》里只有一个意思：疾进。而在《汉语大词典》里还有另一个意思，同“本”。原先我在“百度”上找不到这个字，现在终于找到了，而且有完整的两个意思。在“百度”有缺憾的时候，可以借用工具书，这是古人今人，用肩膀搭成的人梯呵！有了网络，人梯用得少了，但过河不拆桥，偶尔还用得上。

书房里藏书，跟我的人生经历很有关系。在中学生时代，我就喜欢文学，立志长大后要成为一名作家，所以文学书籍很多，其中有不少名家和好友惠赠的大作。儿时我喜欢画画，前些时候，童年的小伙伴阿娴回赠我五六十年前送她的小礼物——一枚我画的小书签。若不是画的落款处盖着我印章，我认不出这是我儿时的画作。那时我 12 岁。小学时我最喜欢的科目是图画课，作业常被老师拿到课堂上示范和表扬。这幅图画着两匹马，闲庭信步，马旁边一棵柳树，后面是河流和远山。图的题目很简单，《马》，日期是“一九六〇、一、十九日”。我不知当时为什么不取名《双骏图》。书签上头的绸缎带已经褪色，没变色的是两小无猜的友情。人的一生会有许多朋友，更多的朋友是萍水相逢，大部分朋友分别后再没相遇。人小时候会有许多梦想，不少梦想只是昙花一现。当个画家便是我儿时的梦想。记得我曾用全开的纸画了一幅彩色的《大闹天宫》，被我舅舅要走了，挂在围里社老宅大厅里。小时候我喜欢看连环画，常常向母亲要一分钱，到大同路连环画店里租书看。暗地里，自己也画连环画，计划画《封神榜》，画了几十页后无疾而终。小学毕业 8 年后，班级同学曾有一次相聚，在中山公园草地上，大家围成一圈，讲 8 年来自己的故事。记得那时还有同学问我："现在你还画画吗？"

我在宣传文化部门工作二三十年，有机会收藏一些画册。书橱里画册不少。我当了一二十年的艺术处文物处处长，文史的书自然很多。

旧居里，我自己设计了一座博古架，也叫藏宝橱，占了厅的一面墙。新居里，藏宝橱没有了，但书房里还是给玩物们些许位置，可以看到史前的狼鳍鱼化石、新石器时代的彩陶罐、清代帽筒、金门风狮爷、南非鸵鸟蛋、埃及法老石像、希腊维纳斯雕像、西班牙哥明戈舞女郎瓷像、俄罗斯套娃、澳大利亚飞镖造型钟、越南少女黑檀木雕、乌干达国鸟皇冠鸟角雕等，让我在读书疲倦之时，溯时光之河，神游走过的异邦他乡。我走过四五十个国家，其中大部分是退休后去的，那是我广阔无比的书房。

因为爱旅游，旅游的书相当多，如《世界文化与自然遗产》《世界博物馆》《环球国家地理百科》《世界文明奇迹》《典藏世界名胜》《世界自然奇观》《游遍世界》《游遍中国》《中国国家地理》《植物地理》《世界美术全集》《世界艺术史图集》《中国名画全集》《中国名水》《旅游中国》等，全是整套整套的，至于单本的旅游书籍就更多了。苏联文化部部长赠送的贝加尔湖俄文版画册也在其中。现在网络上可以查到许多知识，但我更相信白纸黑字的书，毕竟它的错误率比网络少许多。

东篱居书房里的藏书，有的很特别，例如两本《中国历代古钱币》，是真品实物集，从"秦半两""五铢钱""汉榆荚半两""新莽大泉五十"，到"开元通宝""清机制铜圆"，直至"民国开国纪念币""民国镍币"，让人抚摸岁月，穿越2000多年。

刊登我拙作的报刊、大半生获得的奖状，我束之高阁，塞了满满一橱。十多本剪样，搁在书桌旁的橱柜里。师友们的信函，有序地摞在一起。其中不乏名人手书，如公木、蔡其矫、鲁藜、李瑛、郭风、孙绍振、郭蔚球、黄碧沛和舒婷等，当然，更多的是朋友和亲人们的信函。我曾捐出自己和妻子、女儿的信函原件58封，现收藏在中国人民大学。中国现代文学馆也有我捐出的名人信函。在使用电脑之前，文学创作都是在纸上进行，几十本手稿和十多本样报、样刊剪样静静地躺在橱柜的角落里。

我写了50多年的日记，书房里放不下50多本日记，就放在卧室大橱里。放在一起的还有几十本相册和几十本笔记。笔记有许多是大学生时代抄的，那时穷得常常身无分文，没有钱买书，但笔和本子还是有的。

旧居里没有搬来的书籍还有满满几橱，书房虽大，但装不下它们了。尽管退休后我成了时间的富翁，但许多书籍此生已经无暇开读或重温。我知道，我收藏的更多的是情感和记忆，是一缕书香。

东篱居是我的知归驿站，其书房，是我的梦想书房。携一缕书香，等待归去，真好!

陈志铭，1969年3月开始发表作品，诗歌入选《闽派诗歌百年百人作品选》等几十种诗集。散文《纸上云霞》获福建省文联、省作协等主办的征文优秀作品奖，大散文《冬季里挨近取暖的年轻人和我》2020年4月获厦门市委、市政府颁发的第六届厦门文学艺术奖优秀作品二等奖。有多本专著问世。

万竿修竹送春来

◎ 林永芳

车过古田会址二三里，尚未进入梅花山，忽然发现，自己早已置身于竹海松涛簇拥下的大片村落。有潺潺溪流，参差农舍；有竹篱农田，曲径通幽。哦不，这哪里是我们儿时印象中那黑瓦为顶、土坯为墙，牛哞犬吠，蚊蝇乱飞的乡村农舍？几乎清一色都是带着围墙花草院落的小洋房。有大道通衢，穿村而过，一头连着厦蓉高速大千世界，另一头通往风光旖旎的梅花山。

此地名谓竹岭，涵盖凹头、竹下、岭下、吉口四个自然村。

竹岭，一个放之多地而皆准的地名。在上杭，在闽西，在福建，在南方，在全国，有多少地方，虽未必都以“竹岭”为村名，却都拥有成片修竹，满山满岭恣意生长。竹岭，你拿什么来让自己脱颖而出，木秀于林，福荫你的子孙，让他们“产业兴旺、生态宜居、乡风文明、治理有效、生活富裕”，让自己成为人人向往的美好家园？

竹岭人以行动作答——以竹之精魂，竹之通透，竹之坚韧，没有抵达不了的春天。

笔会诸友所住之地，名叫“乡土人家”。外面是蓝天白云的墙绘，种了几排秀竹；走进去，集食宿茶叙于一体，更在钢筋水泥骨骼之外覆以竹木铺成的“肌肤”。楼梯、楼道、墙面，满目都是清新质朴的原木色，仿佛看一眼便可闻到竹木的清香。对于竹岭村当下的思路做法、未来的规划蓝图，主人如数家珍，就像座谈会上当年插队竹岭的厦门知青陈志铭老先生一样，主人对竹岭有着对自家孩子般溢于言表的挚爱。

主人驱车带我们去吉口自然村，远观妈祖庙，继而重返竹岭大道（请允许我如此称呼它），来到岭下自然村。该自然村与古田镇政府所在的溪背村毗邻，有“知青路”穿越田畴，是用厦门知青捐建竹岭小学的余款修建而成。沿着这条知青路隔溪而望，那座已饱经风霜、垣残壁断的旧屋，据说便是当年红四军第二纵队司令部所在地。门楼两边的对联及当中的横匾已被凿毁，大家竭力辨认，也只蒙出几个似是而非的字：“河山并峙祥光远；日月升恒瑞气多。”但“升恒”对“并峙”似乎不大工整，料或有误，却怎么也无法看清更多，就像八九十年前那段历史，早已云遮雾罩，消失在岁月烟尘中。

这是一条有趣的线路——从红色革命，到上山下乡，再到今天政府号召的乡村振兴、绿色发展，几乎串起了一个山村乃至整个中国百年寻梦的历程。

竹，是古人心中的“四君子”之一。古往今来，咏竹诗文不啻恒河沙数，而梁人刘孝先的《竹》诗则独树一帜，余韵悠长，读之怆然：“竹生空野外，梢云耸百寻。无人赏高节，徒自抱贞心。耻染湘妃泪，羞入上宫琴。谁人制长笛，当为吐龙吟。”然而人生不满百，何必如此诗？徒有孤高自许，却只会自哀自怜；坐等生命在与世脱节、无人问津中衰老消亡，却无力主动破局，实现自己的人生价值——这，又何尝不是对竹的一种误解？事实上，以竹的博大胸襟、广泛用途，绝不是只有制成长笛、为一人“吐龙吟”才算材尽其用。

君不见，竹可成文。竹简为证，汗牛充栋，说的都是竹简之书。竹可入画。画家笔下的竹叶，从“个”字、“介”字、“川”字、“分”字到叠叶法，个个灵动秀逸，一“个”更比一“个”强，分明是渐入佳境步步高。竹可发清音。丝竹管弦，箫声笛语，竹韵竹趣，物我两忘。竹可成巨著。

以竹制成纸，以竹管擎起狼毫，当年曾记录数千年华夏文明，绘就九万里锦绣江山，如今正大笔书写着一幕幕竹岭式的乡村故事——走出深闺，登上时代列车，实现华丽蝶变，融汇成和平与发展主旋律下万木争荣的盛景。

竹岭人，显然不是那种困守深山自怨自艾，坐等别人来拯救的“刘孝先之竹”。竹岭之竹，俨然是上得厅堂，下得厨房，入得书房，出得乐坊，随心挥洒，皆成文章——那是一篇篇试图经世济民、脱贫向富，争先进位不停步的大文章。

而罕有人知的是，竹之挺拔刚劲如此，可它竟然不是树，而是草。作为多年生禾本科竹亚科的植物，无论是低矮似草，还是高如大树，都属于草本植物，而非我们想象中的木本植物。

一株“草”，是怎样修炼成这等堪与大树比肩的丰姿与风骨？“宁折不弯”，固然是竹的“十德”之一；而“奋进不止”，同样是竹之德——虽有竹节，却不止步，风餐露宿，信念不死，奋发向上不止息。

竹之别名“不秋草”，四季皆春，万古长青。

漫步竹岭北麓五福沟，细雨潇潇，润物有声。漫山野菊花恣意开放，分明金秋时节，我竟仿佛听见雨后春笋破土而出的声音。一株株，一丛丛，千山万壑拔节而起，直抵蓝天白云，浩瀚长空。

林永芳，福建武平人，中国作家协会会员。在多家报刊发表杂文随笔数百篇。作品30多次入选年度《中国杂文精选》《中国杂文年选》《青年文摘》典藏本等。2015年出版作品集《穿越思维的篱笆》，列入群众出版社“当代杂文名家书系”。

海门关不住　渔歌绕云天

◎简　梅

一

站在崇武的海边，听天风撩响云雾，看银波击碎礁石，沉沙在宛如月牙的岸线低俯着，似隐藏万千记忆，它们密密挤挤、相挨相叠，曾从海的深处荡来跃去，不知何时成陆成洋，而今静谧祥和。其实，掰着历史的手指头数一数，那些风云变幻的往事，如莫测的海洋，进退翻滚中有多少波澜，便有多少前仆后继的浪花，席卷着岸边古城，也席卷着民族沧桑画卷，渲染跌宕成蔚蓝深重的色彩，看子民们在犁耕大海，扬桨、起橹、张帆、使舵，一点点，一片片，一阵阵，渐渐势如破竹，出入海门，南北捕捞，通利舟楫……归航时一盏明烁的灯塔，如母亲，慈爱聆听着渔歌萦绕云天。

我痴痴地想，崇武多像我的故乡梅花镇，同样是明洪武年间修筑的滨海千户所城，有着坚不可摧的古城墙；同样告别兵戎海战之后，百姓耕海牧渔，有着风浪里来去的豁达与从容。仿佛是一对兄弟，遥遥地分散两处，彼此感应，相互关怀。这使我抑制不住心中的崇敬与亲切，走进海天广博的深处，听涛声含着古韵，诉说不尽的艰辛与繁华。

据《崇武所城志》记载："崇武滨海军民人等，以渔为生。冬春则纶带鱼。至夏初则浮大鲢取马鲛、鲨、鲳、竹鱼之类。夏中则撒鲎鲢、鲳鲢，秋中则旋网取金鳞、巴录、毒等。"初时，受条件限制，崇武渔业以内海作业为主，船具仅是竹排、舢板等，使用人力橹桨，辅以蔑、麻、布的小风帆，劳动强度大，几无抗风险能力，渔民们要三更出，半夜入，更是白天黑夜都在海滩上拖网，忍饥挨冻是生活里常有的事。另外，他们“多籍采捕为谋生，名为讨海”，大小男妇于退潮时用铁钩取蛎房、仙掌、螺、蛔、规、石乳、紫菜、赤菜、青苔之属，从沙中取车螯、蛤蚌、西施舌、王螺、白蟑鱼、石巨之属。虽为劳苦，却足以瞻家，不怕岁饥。

在长期渔业生产中，渔民积累了许多作业的方法，如网业有拖网、围罾、网仔、漏尾、浮鲳、扫梭子蟹等，钓业有钓槽、大排、放绯等。并集聪明才智创造了能背舢板或竹排出海生产的木帆船，该类船以风帆力为主，橹桨为辅力，史载“轻便而易动，且坚固可驾远”，人们一次次远离家门，闯入茫茫的天风海涛之中，北抵著名的舟山渔场，南达台湾海峡南端，进行渔场远拓，开始了追逐鱼群的漫漫征途。

北上舟山渔场的捕捞作业，溯源应该是在明朝万历年间，明代崇武名士黄吾野曾写道：“敲针冬钓坎门鱼”，这表明在明中晚期，崇武渔民就已转场赴浙江玉环、坎门、大陈岛一带渔场以纶系钩钓带鱼了。这些近水知鱼性的渔民，深知“鱼依四时之气而生，其至亦乘四时之气而至”的道理，不失鱼汛，冬赴舟山、春回福建捕捉带鱼一类的洄游鱼类。据光绪二十八年（1902 年）《福建沿海图说》记载，崇武澳已有往浙江捕鱼大船六七十号；清同治年间，福建省在沈家门设立“八闽渔业公所”，协调处理东海渔船的生产及各种事务。后随着崇武“冬海”渔船不断增加，1913 年在象山县石浦专门成立“崇武渔业公所”，崇武人经销鱼产品和组织渔需品供应的“栈房”，也由 3 家发展到 10 家。在整个舟山渔场中，崇武渔民被称为捕鱼能手，业绩骄人，涌现出许多优秀船老大。如：清末有周勃如、钱筍头、李猫；之后有李皮、李山东、卢妈赞；近代有詹乌株、詹江、张文奎、郑宝泉等。特别是李皮，靖江人，24 年间，获闽浙两省舟山冬汛钓业生产评比第一名达 18 年，第二名 4 年，第三名 2 年，被浙方授予“渔民魁首”和“渔捞先导”称号，以“渔状元”誉扬闽浙渔业界。

二

初春的阳光照御崇武600多年屹立着的古城墙，巍巍印刻着久远的伤痕，并将之隐忍地埋藏在时间深处，只有那垒砌的坚硬石头以不屈之身连接着古今悲欢，那存留的一道道城门，穿梭其中似乎就能将曲折轻描淡写，而后在青石小巷蜿蜒的目光中，抵达每一户家园。我是在“渔状元”李皮第四代侄孙李志煌的带领下，经东门到达位于靖江村新厝埕19号的李皮祖厝。这是一个典型的闽南红砖五间张古厝，布局严谨精巧，装饰精雕细刻，厅堂轩敞明亮，古建筑白的内敛，红的吉祥，透雕描金显得喜气，檐屋燕尾活泼美艳……无不为我们敞开着一扇充满温暖而古朴的记忆大门。这座占地600多平方米的大厝，最多可入住20多户，是1936年，李皮兄弟四人一起购地而建，在当时，可是了不起的一件大事！

凝视厝中李皮棱角分明、气度轩宇的照片，再看悬挂于入门与顶厅已斑驳深重的两块渔魁牌匾，我仿佛看到了当时喜讯传回家乡时，崇武众人仰慕道喜的神情；也仿佛看到了无数次海浪中他笃定的身影……沉思中，进来了一个老人，原来他是李皮大哥的孩子，今年已88岁高龄，说起往事，老人泪眼涟涟，也再度掀开久远的记忆——

李皮，字锦皮，出生于1887年，10岁就随父亲李目与叔父李兜上冬海船。海上条件艰苦，他吃苦耐劳，从小干活就敏捷伶俐，遇事用心学习，小小年纪就掌握了航海及捕捞的基本知识。父亲去世后，他被公推继任老大（船长），那时年仅28岁，是崇武老大中最年轻的一位。他在生产上既注意吸取前辈的经验，又精心钻研，善于创新；他熟记闽浙沿海的渔场、航线情况和潮汐变化，分析鱼情十分精准。特别是冬至过后至春节前后，天气严寒，外洋深水比较暖和，鱼群都游向北外深水区，李皮掌握这个规律，并结合具体的鱼情水色，加以灵活运用。在外洋风浪大，多数船只都停港的情况下，他靠胆色和船上人员的勇气，出外洋生产，所以年年捷报频传。

老人常听父亲提起，说叔叔李皮艺高人胆大，他海况判断好，水性好，总能根据水温判断鱼所藏的位置，起风时，别人的船往内海靠，他反而往外海走。渔民中俗话说："天神未动，海神先知。"他对大海极有感情，经常在海边摸索，探索"秋讨水深，冬讨水色"等原理；对于天气等民谚，他熟稔于心，如"正月十八暴，摇橹出，下帆倒""四月雷弹帆绲跑，五月雷弹断风吼""云现关公眉，大风随时来""东南没回西，三日又再来"等等，在实践中更是得心应手。有一回，冬汛返航即将抵达崇武港，却遇到暴风，船即触礁，命悬一线，而他正是凭着经验朝灯塔有光的方向快速转舵，而逃过一劫……他谦逊内敛，每每与人为善，乐于助人，开口遇人总说好，有好鱼况总是及时通知他船，因而赢得了众人的尊重。却不料，长期的海上辛劳，使他在 1939 年犯病，由于缺乏治疗条件，不久便憾别人世……

黄昏的夕阳缓缓地落在天井边的花草上，低描着一代渔人的缩影。交谈中得知，这个家族中还有一位渔民英雄，即李志煌的父亲（李皮孙子）：1976 年 5 月 28 日，台湾海峡发生地震，崇武几十艘讨内海的舢板船正好归航，巨浪滔天，三米高的大浪把小舢板高高托起，又扔下谷底，海面惊心动魄！此时，李仲泰，这个 30 岁正值英年的汉子，他凭借熟练的驾驶技术，一边驾着小船冲上西沙堵，一边奋不顾身地扎入大海，一个又一个连拉带拽救人，他拼尽全气，当救上最后一人时，由于体力不支，就这样被大海吞噬……

三

两天的走访，让我对崇武的情感中更添了无尽的景仰。崇武人热情、真诚、耿直、信义，他们北闯舟山，南抵台湾，亦渔亦商，在数百年啸傲大洋的陶冶下，志高心远。无论时光如何淡远渔业重镇的光环，但永远不可抹去的是那撑起多少岁华的浪花。早在20个世纪30年代，崇武拥有大小渔业生产船只600多艘，每日总产量1000担左右，年总产量15至20万担。中街路、南山堆、中路头等地，夜以继日，皆堆鱼腥；鱼牙行挤挨并行，拥塞不通……大岞村与台湾梧栖港相距仅97里，一夜西风便可到达；台湾以东，琉球以西的渔场，遍布崇武人的足迹。民谣流传：“大潮涨急小潮迟，上水鱼虾知节时。任是狂风吹蚱蜢，台澎金马作泾池……”1986年，“冬海”捕捞树高峰，那飘扬在东门城楼上的“独占渔魁”的一面面大红旗，依旧飘扬着崇武的荣光与神采！而今，历经改革开放的渔港经济，以多彩、平实、安逸谱写着新篇……

如果走进时间更深处，您会为崇武头目宫中无数“好兄弟”祈福，您会为“十二爷”“十三连”燃香；您会投以崇武渔民尊敬的目光，将手抄流传的渔家“针簿”视为珍宝……唱不完、写不尽的渔歌呵，天生不爱倾诉苦难，它绕着崇武港，留下暮色的烟，草色的水，飘荡着人与大海的一往情深！

简梅，中国作家协会会员。作品散见于多家报刊。曾获第27、28届福建省优秀文学作品奖，福州市政府第二、三届“茉莉花文艺奖”，《福建日报》第九届 “优秀新人奖”等。《随心点染》散文集，获2018年“读吧！福建”首届福建文学好书榜推荐图书。

文汇·诗歌

光阴颂（诗十首）

◎ 马建荣

光　阴　颂

在光中，必有阴影的部分
它让事物站立起来，并显得清晰
在光中，也将丈量出人间冷暖

光将失去它的阴影，当你躺下
光也将失去它自己

无论昼夜，我们
赞美光，也赞美它的其他部分

2021 年 4 月 24 日　湖东小院

谷　　雨

从春天到夏日
只是一场雨的距离

离开牛背的鸟儿

正在枝头为农事高谈阔论

老父亲赤脚走在湿滑的田埂上

奋力抛下了第一把秧苗

家乡的雨水，一路颠簸

来到门前默默看着我

在春天，每一场雨都有自己的名字

今天，我叫她“谷雨”

2021 年 4 月 20 日　谷雨时节

今日小满

今日小满，五月的大雨

突然降下来的时候

我们已经知道了。午后的池塘

经受不住那么多的恩赐

荷叶青翠，每一片只接一滴雨水

多出来的部分，逐一卸下

一滴水，却格外的明亮晶莹

我想起了我的父亲母亲

在雨中，面对满池不停弯腰的荷叶

你不能不，逐渐谦卑下来

2021 年 5 月 21 日　湖东小院

端　午　赋

江河在落日中川流不息
悲欣交集的情怀在心中流淌
每一个真正的诗人
都是胸怀“国之大者”
每一首诗里，都有诗人太多的寄托

那个形容枯槁的老人，傲骨铮铮
曾替苍生牵挂着古老的家园故国
千年一叹的桃符，一直在路上

粽香里始终藏着诗人的忧伤
他将用一粒米，喂养天下父母
再用一生，去祭奠他的祖国和梦想

2021 年 6 月 14 日　端午

芒种，或大象向北

大象向北。手忙脚乱的人类
在这一年多来，已然有点找不着北

大象向北，更北的北方忙着收获

该再种下一些什么，南方雨水充沛

大象向北。隔着一个季节
女儿与我之间，不说大象向北

大象向北。屋檐下的燕子
一再固执地垒窝，始终不肯北归

大象向北。第三只豹子从内心出走
暴风雨过后，在芒种的故乡走失

大象向北。谁在惦记谁的孩子
自然之子啊，大象向北

2021 年 6 月 5 日　芒种之夜

写给四月

四月，终日繁花似锦，难以言表
把思想与春风同时放平
许多声音，像鸟鸣，从天堂涌出

四月，允许谁站在冷暖之间
一边放飞理想，一边安抚情怀
把更多的桃花，放到下一场雨中
与故国家园一起期待

四月，要安心做一个看花的人
让每一枚树叶，在空中自由起舞
要让自己说话的语调
略低于树木

2021 年 4 月 1 日　湖东小院

清　明　志

四月的桃花就要开完了
上山的路上多了几分悲伤
无论幸福快乐还是忧愁困苦
成为回忆都将令人悲伤

说离愁别苦的人，已像桃花一样坠落
新长出的桃叶，黝黑发亮
更接近天昏地暗的夜色
也让每一个看见墓志铭的人
更加悲伤

四月的桃花就要开完了
清风让出了一块空地
在我和故乡中间，安放着
另一些悲伤

2021 年 4 月 5 日

大地总能接纳所有的雨水

天空有时任性，云朵也是
五月总在每时每刻变换表情
像考试前的孩子
心有忐忑，有时还有暴脾气

午后的这场暴风骤雨
似乎说明了一个道理
世事无常，但天地可鉴
一切要来的，终究会来
万物各有各的修为和归宿

天空有天空的广大无垠
大地也总能接纳所有的雨水

伫立窗前
我只一心看住自己的风雨

2021 年 5 月 29 日　天元花园

在梅雨初晴的时候

在梅雨初晴的时候，我有一个心愿
我要宽恕所有的鸟雀，它们的喧闹
让我睡眠不足且略觉凉意

我要宽恕每一片树叶，它们背着鸟雀
把自己的绿色又加深了一层

我要宽恕一尘不染的天空
它们在一夜之间，把我推向了更远

我要宽恕这雨后的一切，包括空气
它必定是偷了女儿的糖果
一大早就让我嗅出了一丝清甜

我还要宽恕自己
我不该在这时候想起我的老父亲
让自己在刚刚放晴的日子
又暗暗地在心里独自下起了雨

2021 年 5 月 31 日晨　天元花园

六月已经出发

——寄语学子

屏山下，曾经在风雨中凌乱的新芽
被陶园的阳光一一接纳

蝴蝶不能赞美每一朵花
但春风可以

大地不曾吝啬耕种

时空依旧轮回各自的序章

六月已经出发
所有的树木都长齐了枝叶

少年啊，你在途中的身姿令人感动
你将记住的，是你路过的
每一个信任和每一声叮嘱
以及不断矮下去的山峰

2021 年 5 月 13 日　屏山下

马建荣，闽西人，曾在驻闽部队服役，中央党校在职研究生。现为福建省政协常委、福建省社会主义学院副院长。出版作品若干。

济南短章（五首）

◎高　云

趵　突　泉

躬下腰身　拥守着你的汹涌
诗歌不再羞赧与高傲

激荡你的磅礴力量
深情缅怀曾经遗忘的热泪

这个清晨
或许就是每个日子的某种想念

众人谈论千里之外的黄河
我们却与你一同吟唱凛冽的秋风

漱　玉　泉

避开李清照的神情
四周寒冷　苍茫

卸下一身疲惫
只有诗人的一纸祭奠

倾泻的雨水
滋润一片土丘

柔软的飘荡
在水一方

万 竹 园

坐在井口的边缘
看着那一点一滴消失的村路

用许久的时间
怀念有形或无形的疼痛

此时　不谈什么风格与品位
是谁抽空了心灵

从那里经过
瓢泼大雨漫过了我的记忆

大 明 湖

四面荷花三面柳

风情万种

一城山色半城湖
超凡脱俗

喧嚣的雨声
抵达洁白的肌体

时光在这里搁浅
缠绵的传说却从这里开始流浪

千　佛　山

最好不要喧哗甚至低语
跟随一朵莲花的运势

这里的白天与黑夜
如一双手掌在翻覆之间

悔意已经远去
虔诚之间才有了些许的感叹和追问

一座山
一座宁为一朵莲花的山

2018 年 11 月 15 日于济南

高云，福建省作家协会全委会委员、福建省民间文艺家协会理事、福建省文艺评论家协会会员，曾在《福建文学》《台港文学选刊》等报刊上发表过大量诗歌、散文、报告文学、小说和文艺理论等作品。

诗　六　首

◎秋　水

分　享

一片枯叶停在枝丫上，
很久了。同伴们已纷纷归顺命运，
土地，成为最终的归宿。

唯有它，站在风尖上，
时间，一小块儿一小块儿
撕扯它，啃噬它。
风流淌而过。天空，剩下无尽的蓝。
而它，像不肯被扑灭的火苗。

坐在阳光里，我等待着——
在这秋日尽头，寂静的旋涡里，
只有偶尔飞过的鸟儿和我，
分享了它最后的挣扎。

2021 年 6 月 20 日

明媚的下午

阳光好极了，
儿子和我为初冬的红叶着迷。
和他在一起，我是母亲，
他是正在长大的父亲——
他不知道，我比他还要开心。
时光像一匹野马，他是另一匹，
此时的我，也是。
这澎湃的时光令人欢欣——
当然，任何欢欣都夹杂着一些忧伤。
他很少说话，只在我牵起他的手时，
克制地喊一声“妈妈”，
像是拉一拉时光的缰绳。

2021 年 6 月 20 日

沐　　浴

在水中，
身体正一点点复活。
被流水带走的，
显然不只是污浊。
水，拥着我，
用孩童的手抚摸我，
无人知晓的伤口在愈合。
水，多么缠绵，

但此刻的它，
不留恋、不迷失，
只奔流。
水花四溅，
又瞬间找回方向。
留下沐浴的人，
站在赤裸的水中。

2021 年 6 月 20 日

寻人启事

在对视的瞬间，
我和一幅画确认了彼此。
它像一滴初生的雨，
滋润了我虚置已久的眼睛。
时间，停止了线性运动。
在这面墙上，
它被许多双眼睛经过或检视，
在我出现之前，
它显示了足够的耐心。
我想，它其实是一张寻人启事，
每一笔蛛丝马迹，
都指向了认领。

2021 年 6 月 20 日

选择性沉默

沉默与沉默并不一样。
就像“一棵枣树和另一棵枣树”。
放纵多容易，节制或许就有多难。
一些人谨守语言边界，
刀锋向着自己。
他们知道，他们参与了这一切，
无辜建立在更无辜之上。
选择沉默的人，
用痛苦削弱着痛苦，
令沉默在沉默中长大，
不允许语言的马车在沉默的途中
哗哗作响。

注：改自鲁迅《秋夜》。

2021年6月20日

卖　光　饼

“卖光饼，卖光饼喽”……
吆喝声一长一短，穿过楼下的小广场。
当我在宣纸上写下：
“天下兴亡，匹夫有责”，
小烧饼车已渐行渐远，
剩下悠长的尾音，久久悬挂在

我的窗口。

2021 年 6 月 20 日

秋水，70 后女诗人。著有诗集《有时只是瞬间》。

诗 五 首

◎ 年微漾

在云冈石窟

千山凋敝，白雪茫茫，零星的鸽子
飞出夜晚。是湿漉漉的夜晚
和冰封的夜晚，如同一个身穿黑袍的
供养人，在漫长的无明中
将佛像擦洗。经历过许多年月
这里已是人迹罕至，鸽子在佛的臂弯
生儿育女，朔风吹动铃铛，那响声
取代宗教的契约。哦，所谓信仰
不过是为一种命运，营造了轮廓和背景
走在晋北的土地上，我和我的妻子
像早就料到会如此，一丛丛枯草
咽下我们的跫音，也吞吐过落日与朝阳
这人间，这尘世，被我们凌驾过的
微小事物，替我们保管着丢失的仪式

夜宿五台山

砍下一个人的脚，不如藏起他的路
令他无处可去，只好就地安居
这山间处处是道场，马儿仰头吃败叶
獐子俯身啃衰草，五百年前修塔的匠
灯下重刊经文的僧。世上时日无不
风起云涌，最大的智慧是两两相对
而又互为静止。星辰照耀菩萨顶
的士司机加价未果，淡季里奶娃的
旅店老板娘，和下楼添煤的北方男人
一家佛器店早早锁了门，一位小和尚
蹲在公路边，他的鞋底进了沙子但沙子
始终倒不出——沙子就是他的俗姓

那天夜里无比寒冷。翌日清晨
地上落满了大雪，一些脚印清晰可见
哦，已经有人走在了我们的前面

过豆村佛光寺

河水又冻紧几分，将大寒送过对岸
行走在上面，能看清自己
在尘世的惶恐。一整天都在刮着风
松树摇晃，往院墙上倒出唐代的影子
经过了一千多年，今人和古人

到底有何异同？不过都是些
行走着的残破的泥胎，在大殿上香
礼佛和跪拜，无数身影重叠
如同斗拱，把虚无架高。在北方
我见到一个人，他出门许久，距镇上
还有三十公里，距省城十二摄氏度
距他的死期，只剩一百零三天；在北方
我拍过一张照片，大地辽阔，荒草如烟
天空蓝得有回音。妻子与我相互依偎
像廊庑上的一对檐柱，我们都有着木头
坚韧的品性，也怀揣一颗在火中私奔的心

在定襄夜发太原

喇叭声长，寒夜骤短
在定襄小车站，挤满了等待换乘的人
一位小伙子刚与准岳父
喝过三场酒
此时蹲在马路边，吐得像条狗
他的女友拍着他
眼神是欢喜又心疼
一路上，整车人听他吹牛
不忍打断
直到半小时后，他才沉沉睡去
车厢重新恢复了安静
能听见被命运追赶的声音

多么奇妙啊，那一刻
所有人的命都缠绕在了一起

善良的人们，要去到太原
又过了许多年月，愿他们忘却愤懑
与悲情，如同清潭戒掉云影

雪夜寻沧州铁狮子

大地无所事事，除了下雪
宽广的省道边，仅剩一家烧烤店
那里供应毛豆与啤酒
还有大蒜、鸡翅和香菜，米饭生硬
女店主声音好听。听说从此地
去看铁狮子，尚有十里来回
沿途路过发电厂，但空无一人
旧州镇的孤独，在高压线上哔哔作响
继续往前走，还是无人可邂逅
铁狮子，就站在它的轮廓里
铁锈几乎搬空了它的身体
我已经快忘记，自己为何坚持
要找它，只记住了每个脚步的提醒
我是在抬头间，突然意识到
我们互为真身与倒影。那天夜里
天地之间只有一人，与一狮
至少半吨的雪，落在了我的身上

但在今天回想起来就好像

北方星火四溅

年微漾，1988 年出生，福建省仙游县龙坂村人。

短诗一束（四首）

◎ 李岱霖

故　乡

冬日的恋人是雪花
雪花是云掉落的泪光
云是风儿呼唤的远方
远方是依稀的星光
心光是若隐若现的故乡

故乡即他乡

很庆幸还能有那种感觉
失望　难过　和愤懑
在平静与安稳的皮囊里
感知与心跳裹挟着血液汹涌澎湃
在每一处骨肉相连的地方
星移斗转唤醒着一种声音
从远古划过天际穿过地脉而来
不　不是平静　不是安稳

是对平和的渴望　对安宁的向往
怎寻岁月静好　何来地久天长
这是我的故乡　亦是我的他乡

梦·境

海洋沉睡在天空的梦中
树根沉睡在大地的梦中
冰雪沉睡在冬日的梦中
你沉睡在谁的梦中

梦里的花香
透过绿叶的网
穿过森林的雾
来到长满麦穗的田
那里有稻香的气息

那梦中的香气
随着风飘落在露珠的晶莹里
露珠从清晨的睡梦中醒来
听见鸟儿的歌唱
那是初夏的声音

英伦之夏

七月的英格兰

融化了北极圈的严寒
拂去了赤道的酷热
留下了温和怡人的篇章

交汇的碧蓝化为绝美的穹顶
云层遥遥相望在蓝色幕布下
石子栖息在小溪的摇篮中
牛羊懒懒地徜徉在青草绿的梦里

古老的城墙锁着中世纪的密码
寂寞的颜料浸染百年画框
简·奥斯汀笔下的浪漫流淌成河
哈伍德的歌声在彼岸唱响

你说曙光在最遥远的东方
夜色铺成的路很长
自由寻觅着启程的海港
大西洋是我的行囊

李岱霖，生于福州，港本英硕，文史专业，热爱创作，在各地的杂志刊物发表过诗歌和文章。

文汇 · 诗剧

霸　王

◎程　维

（说明：现代观念，现代人的表演。出场顺序为：羽、虞美人、鬼魂、乌骓、头颅、左手、腿，以及霸王头、手、腿等部各斩获封侯者吕马童、王翳、杨喜、杨武、吕胜。“我是霸王的头，我——是他的手，握戟的手，有多少头颅从他的手上滚落地上，溅起血和一路烟尘。我——是他一截腿。”表演不拘形式，可随意发挥。全剧旨在表现人性无以排遣的悲剧性与对峙关系。）

史记：项王身亦被十余创。顾见汉骑司马吕马童，曰：“若非吾故人乎？”马童面之，指王翳曰：“此项王也。”项王乃曰：“吾闻汉购我头千金，邑万户，吾为若德。”乃自刎而死。王翳取其头，余骑相蹂践争项王，相杀者数十人。最其后，郎中骑杨喜，骑司马吕马童，郎中吕胜、杨武各得其一体。五人共会其体，皆是。故分其地为五：封吕马童为中水侯，封王翳为杜衍侯，封杨喜为赤泉侯，封杨武为吴防侯，封吕胜为涅阳侯。

（舞台或任何场地皆可，若舞台，开场空无一物，灯光骤亮）

霸王羽（上，白）

我——是西楚霸王，谁说出

谁读这首诗，谁就是项羽

我可能穿西装、休闲服、夹克
或各种不同时代不同衣服，我都是
我，霸王，武装到牙齿，手枪、炮
导弹、AK47，都在语言里，它们是名词
被操控着，我是动词，一出现就是
这一点，绝不动摇，空城
不是我所能逃脱的预言，垓下
它早已设伏好了病菌，十面埋伏
只是为我搭建的万众狂欢的戏台
一百次出场，都是为了告别，一百次上台
只是为了滚蛋，用头颅滚成车轮
在马车、拖拉机、汽车、火车、地铁
所有奔驰的东西下面疾速旋转

我已和我的美人别过了，抱得再紧
也得分开，睡过头了，缠绕在一起的头发
也得一丝丝拆散，都说是好夫妻好得
难解难分，无非是一把梳子一把剑
发如雪呀，发太细，发太软，发缠绵
割下去，发如烟，万事轻
轻如铁羽，可崩云

画外音

（虞美人：王，吾去矣！
此一去，无来时，只有山冈上的
无名花，摇曳着闪烁的情事

此一去，无可期！只有风追着另一阵风
喊着你我的名字
王，此一世，不说恨，不说忿
不仗东风扮牡丹，吾与君，星渺渺，发如烟……）

我已和我的马别过了，没什么可说的
你去，替我回故土跑一遍，闻一闻老家的
味道，禾色青青，农事诗，都早没了
打工的男女已是城市的流水线
你也不会去做小网红蹭流量，跑快递
送外卖，岂是你所擅？去吧，剩下的
只有纵身江流，乌江的神位上有你的大印

画外音

（乌骓：王，我早该离你而去了
否则你可以乘坦克横冲直撞，垓下的包围圈
十面埋伏的封锁，就不会成你的
死循环，让你在戏台上刎一千次颈
痛，永远是新鲜的，伤口合了又割开
头颅长好又飞，这无尽的苦刑，别人扮演
你流血，我在水下改装战车，只是零件
锈迹斑斑，我一身马的骨骸
成了新世界的垃圾）

我也和我的八千子弟兵别过了
江东与江北也是一剑之别

现在我将我的身体和项上首级作别
没有什么可惋惜的，江山也不过是
虚晃的镜子，照亮过我粗糙的容貌
照耀出我的野心，原来你我都是野蛮的
焚烧阿房宫的火还在烧着
人间的宫殿都是坟墓
只有天上的神殿在等着我
七宝楼台乱云飞渡，天狗食日吐下骸骨
锈迹斑斑的夜壶，昨夜我已送给了
鸿门宴的大厨，他烧得一手好石块
冒充了咸阳夜市的狗肉，啃一啃
满口奔跑的牙齿，嚼碎了多少兵器

这颗脑袋戴在肩上，它就作乱，不如
砸出去，烈火油烹，像赣菜，更像
湖南湖北菜，我是吃过的，唯楚使然
我无时无刻不在挑战风火轮
挑战磨坊风车，挑战巴比伦，挑战
古老的时光流浪，挑战金钱和房地产
你们谁也别拦住我，我挑了秦二世
挑了阿房宫，我还得做点什么，我挑了
王冠，写了三句诗，又不习惯戴桂冠
最终还是挑了自个的人头做礼品
像一头扎入地球的外星飞船
喂，吕马童，送你了，别让别人抢走
接住！加官晋爵去吧，哈哈哈哈

这躯体原来像个红色消防栓
拔开了龙头，地球上着陆，狂血喷溅
你们何曾见过这等好风景，一江两岸
皆可围观，唯有如幕的黄昏
仿佛历史的裹尸布，我感到它席卷而过

我的戟在天边画了一个圆，落日
时分，这是不朽的时刻，我所喜欢
但它一点也不漫长，像一列远去的火车
我怎么招手，它也停不下来，我趴上去
被它带走，穿越了许多年代，让我
用重瞳，盯着你们看，又是谁上台表演了
谁也别指望可以乘气球上天堂去讨喜糖
那里的座次早已排定，没有多余名额
接下来的帝王，只有下地狱的列车
一站式到达，你手上的权杖
就是统一的车票，王，你甩不掉的新冠
是病毒，其烈性只能让你吞服

（灯光转暗，诵者立，不退场，如黑柱）

头颅（上，白）
我——是霸王的头，在空中划过
像一颗黑色陨石，从外星飞来
我双目怒睁，眼看着飞离了宽厚的双肩

那古久的高山，被飓风拔起，那盖世的
一口气，怎么也咽不下去，血喷出十丈
像红色消防栓拧开了盖子，浇不熄
怒之花，浇不死！我短暂地飞翔之后
将落入小人之手。他被这颗野兽般的脑袋
吓得尿裤子，他接不住，为将我争夺到手
几个人相互残杀，死了三个将军，伤了
五个，哈哈！我噗地落在地上，啃了一嘴
公元前203年的乌泥，真臭！
这张脸像给狗打了，咄，五爪金龙
揪起我的乱发，把我像包袱一样拎起来
嘿，等等，这可是西楚霸王的
脑袋，世界最高贵的头颅！傻大个
别冲过来，你把它当篮球了，你
是姚明，还是火箭人，这是APA赛场吗
这颗头抵千金万邑，怎么能像皮球
在一伙烂队员手里抢来抢去
你再抢，我咬断你的手，阿邦
你钻过鸿门的裤裆
脑袋还顶在肩上，妥了，尿去吧
霸王的头，还是成了你的尿壶

（灯光转暗，诵者立，不退场）

鬼魂（上，白）
鬼王上殿，取下脑袋

搁在桌上断案

刚了结人间战事

又赶到地狱里来办公

下一个是谁

你是王，还是侯

抑或是跳楼的老板

还是自尽的贪官

吾知他黑，我知你冤

我知人间有时比地狱暗

你从实说来

鬼王自有裁断

（灯光转暗，诵者立，不退场）

左手（上，白）

我——是他的手，握戟的手

有多少头颅，从他的手上

滚落地上，溅起血和一路烟尘

我是霸王的左手，漱牙时

端碗的那只，抱美人时

托住臀部的那只，舞戟时

握紧下端的那只，忧郁时

抚胡子的那只，痛恨时

擦血的那只，我是左手

永远是右手的辅助

力量低于右手
这回右手握剑，左手提头
霸王的头提在他的左手上
两道如电的目光，射出去
还在泥泞般的人众里
寻找什么，吕马童！霸王开口
这颗头赏给你了

在他倒下去之前
我把头扔给了站在对面
直打哆嗦的那个人
曾经的马童，满脸泛出红色的羞愧
提起劲来！接住霸王的头
我扔了，好好接住，你可以封侯了
我松开，气血也仿佛随那颗头
甩了出去，我早该想到
这是霸王左手的最后一件工作
晚安，我要睡了，你们去迎接
血色黎明，跟我没有关系，晚安
土地散发着马粪的气味
我像摸到了一条鱼，滑腻而黏稠
左手的夜晚已经降临，我的皮肤上
星光初现，蒙了薄薄一层霜啊
秋深了，亲爱的鱼，晚安
我喜欢抚摸细雪，亲爱的雪，晚安

我是霸王的左手
谁将我从他身上砍了下来
是欲望，一刀下去，等于砍下十座城
何况霸王已死，可他知道
霸王身上的每个部位，都能按照
人体机能的轻重，领取不同等级的封赏
一只手，左手，等于一片封地和爵位
一只右手，一条腿，等待更高的
虚荣。推土机啊，你慢点推掉
古老坟冢，那里面伸出的手
可以轻易掀翻一座城邦
现在我只拍打着最后的灰尘

（灯光转暗，诵者立，不退场）

鬼魂（白）
谁推倒了古旧的楼台
谁用左手造了右手的反
谁善软刀屠人
让方天画戟与青龙偃月
都沦为废品，几角钱一斤
且将花名册打开
我将提前把他们招来

（灯光转暗，诵者立，不退场）

腿（上，白）

我——是霸王的一截腿，没有想到
会从他身上分开，因为昂贵
被抢夺，我以为没有谁杀得了他
只有霸王自己，否则谁也
动不了，他的腿
在霸王把头割下的瞬间
我还向前走了几步，记住，是向前
不是后退，不是退过乌江
江东，尽管是霸王最怀念的家乡
但它不肯把失败的脚步印在那里
你们都曾在霸王的金缨下拜伏
六月的流苏淌着骄傲的汗
那是不肯跌落的金子
现在请从我脚下捡起来
串挂到胸前，请扛着这条腿
从战场跑到丹墀之下，让汉王
一步一步用哆嗦的腿部，从鸿门
溜出去，被霸王放过一马
又卷土重来的嗅觉，来辨认
我的骨头，征尘，血，都是老对手的
味道，别怕！我已经累了，再也不会
撵着老哥屁滚尿流了，好吧
这条霸王的腿，你也可以腌了
或者风干，乃至在太阳下暴晒
再切细片下酒，你也可以啃了它

随你了，请细细从这条腿上
一点一点地，享受你的落日

（灯光转暗，诵者立，不退场）

鬼魂（白）
别以为我会放过你们
一个也不可能
我是流浪者
看上去就像北漂青年
我到处走走看看
又像个苦行僧
我走到春晚舞台上
没准也会来一段
你们会以为我是个笑星
我偶尔插科打诨
完全像个善人

到了归零的时候
我口袋里会发出手铐的声音
谁都跑不了
大奸大恶之徒
卷好了细软
也逃不脱自己的身影
整人坑人之辈
也尝尝地狱酷刑滋味

地狱的猎犬咬紧了
他的裤管

汉王，你争得了人间尊位
我占据了地狱制高点
此后你会一直活在恐惧中
我对你索魂追命
也不过是在朝夕之间

（灯光转暗，诵者立，不退场）

吕马童（上，白）
我是最后一个
跟霸王的对话者，我听到了他的遗言
一直不好意思告诉别人，说来惭愧
我是霸王旧部，又背叛了他
狭路相逢，他黑着脸，完全可以一剑
把我劈了，我一介马倌出身，哪是他的
对手，可他杀红的眼，却对我笑了
在乱哄哄的战场上，还像老朋友一样
喊出我的名字：吕马童！那声音很熟
我竟忘了他已是我最大的敌人，忙回答：有
霸王笑嘻嘻地说：我听说得我头者
赏千金，封万户侯，是吗？匆忙中
我还是嗯了一声，我不能不嗯这一声

对他的回应早已成了本能，不料

他果真把头割下来扔给我，说

送你个人情！我当时就懵了，差点没接住

后面的家伙哇地涌过来就开抢了

我可不能让霸王的头受辱

赶紧用披风裹着，跑离了现场

汉王见到那颗头，大哭三声，叫道兄弟呀

又大笑三声，封我为中水侯

我是惭愧的，我无意献头受赏，又不敢

独存，我是胆怯的，我仅是一个马倌

杨喜（上，白）

谁说我是孬种

与霸王相遇，你瞧他那眸子，像千万支

精钢利剑飞过来，我躲开它，俺这张脸

怎么了？脸色煞白冒冷汗是吧

我不跟那厮一般见识，避其锋芒

倒退三十里，看谁笑到最后

你当我是孬种了？不好好活，净跟人玩命

遭乱刃分尸，我杀了跟我夺尸的三人

抢到霸王一条鸡巴，这人身上顶关键的东西

我上呈汉王，他笑了，封我赤泉侯

谁再嚷嚷我孬种我跟谁急！都闭嘴

（灯光转暗，诵者立，不退场）

王翳（上，白）

与霸王的最后一役
还是叫俺赶上了，一个对一个，没人是他对手
可抢他的死尸，我杀不过人家
便不好混了，那是一地金子，一地官印
我一刀刀剁开争抢的对手，管他是同事
还是朋友，他们的肢体不值钱，我砍，我剁
挡我财路者必诛！我抢到了，我大功一件
我从血泊中抱起一截霸王的腿
荣封了杜衍侯，我抓住了光宗耀祖那一刻

（灯光转暗，诵者立，不退场）

杨武（上，白）

霸王必败！我举起一只
霸王的左手高呼：我们必胜！再摇晃着
另一只霸王的右手欢呼：汉王万岁！
霸王的这双手，是我从他尸体上砍下来的
你说我们是疯狗我也认了，可这双手
落在俺的手里，我换得了汉家的侯位
没什么可耻不可耻的，你没钱没势
才可耻呢！霸王脸薄，他死于无颜过江东

（灯光转暗，诵者立，不退场）

吕胜（上，白）

我是涅阳侯吕胜
与各位同僚同朝称臣，是俺的荣幸
偌大个版图，几千年，才出霸王这么个人
他够凶够狠，杀人放火坑卒泡妞
也是千古以来的大凶犯，他死了，是天谴
我们补刀分尸，人说是抢功，我说是
替天行道，你得一头，他砍一手，我剁
一脚。汉王是公正的，论功封侯
汉王是慈悲的，将你我献上的霸王身体
拼全厚葬，深埋，埋得不见踪迹
免得他从阴间里还魂，卷土重来
汉王站得高，看得远，万岁万岁，万万岁

（灯光转暗，诵者立，不退场，所有诵者都成了黑风景）

霸王羽（黑暗中发出的声音）

我已沉埋多年，拼凑的裂痕也化为泥土
前生的我是否已投胎为牛，为羊，为马

后世的我还能干什么，古战场
一块块被切割、拍卖，开发了楼盘
到处奔跑着铁笼子，后人叫汽车
没有马的平原，却有宝马在奔驰
德国车，跑在前面，超越不了看不见的
乌骓的尾巴。我已跟它永别

孩子们重新拼装了一个我，新型金属的
脑袋，巍峨的金盔，四肢闪闪发亮
暗藏电脑操控的功能。随意拆装的组件
分别是头颅、双手、腿和躯干，眨眼间
每个部分都可以变形为超级武器

当我从江水里冒出头颅，卸掉时光之流
出现在秋水广场，太阳的余晖
照在休闲的人群和跳广场舞的大妈身上
年轻人惊喜地喊道：变形金刚
只有一个苍老的声音惊叫——霸王
——西楚霸王

（灯骤亮，追光打在变形金刚上，幕落）

2020 年 6 月 14 日

程维，诗人，小说家。中国作协会员，江西省作协第六届、第七届副主席，现为顾问。居南昌。出版长篇小说《海昏：王的自述》《戈乱：皇帝不在的秋天》《浮灯》《双皇》，诗集《妖娆罪》《他风景》《纸上美人》《古典中国》及《江右书》系列，散文集《南昌人》《南昌慢》《画个人》《独自凭栏》《沉重的逍遥》《豫章遗韵》《水墨青云谱》《书院春秋》等。获中国作家协会第八届庄重文文学奖，中华好图书奖，第一、三、五届江西省谷雨文学奖，江西省优秀文艺成果奖，陈香梅文化奖，滕王阁文学奖长篇小说奖，天问诗歌奖，“中国新诗百年百位最有影响诗人”。长篇小说《海昏：王的自述》荣登“2016年华文领读者年度好书榜”。作品译为英、法、日、塞尔维亚等国文字。

文汇·散文诗

名里清风

◎潇　琴

一股清凉走过，如竹影下的微风，似蝴蝶的翅膀扇动，或是席卷乾坤的呼号，或是植根于草地的静默。千百年以后依然如不朽的流水。

悬鱼太守——羊续

东汉的清风穿过你的衣袖，你像河里的鲤鱼一样清雅自在。繁重的公务让你瘦影如竹，府丞正派的焦俭送一条“礼鱼”，想红润一下你那有些焦黄的脸。他想，就一只或许你能收下。

左右为难的你命下人把鱼挂在庭檐下，并写下：“太守羊续，再不吃鱼。”

你知道，鱼太腥，味大。鱼刺不小心扎穿了咽喉会要命的，特别是对那些狼吞虎咽的人。

鱼死了，风干了。只有苍蝇愿意叮它的缝。

有人好奇，你是怎样让一条污浊的河流干涸在鱼的肚子里，让它湿不了你的裤脚？

我知道，对付这样的“礼鱼”，你如烹小鲜，根本就不在话下。

有人面水而立，不偏不倚，春秋万年，有人顺水而下，大浪淘沙，拍死在沙滩上，变成了一条风干的“礼鱼”。

天黑拒金——杨震

多少苟且者，在自己的酒杯里注入装不满的贪欲？

多少见不得光的灵魂在夜幕下被贪婪偷猎？

阴暗也许看不清灵魂，却能感知和确认一个人的灵魂。

而你即使在黑夜里，也要坚守一颗皎洁如月的心。

你走在东汉的路上，风尘仆仆，赴任途中经过昌邑，县令王密来拜访，怀金十斤相赠。黄金闪闪发光，那本该是阳光的颜色。你说："故人知君，君不知故人，何也？"王密没听明白你的责备之意，说："天黑，无人知晓。"你意味深长地说："天知，神知，我知，你知，何谓无知？"

王密这才明白过来，羞愧不已。

你明白，贪欲会让灵魂脱胎为鬼，换骨为蛆。无疑是背上自己沉重的坟。

日月轮复，你抚动着两袖清风，续写着为官的良知。

以廉为宝——子罕

谁不爱晶莹剔透的玉？然而君子爱玉取之有道。

你为春秋宋国司城，你知道好玉如无价之宝。

有人得玉献宝，你说："您以宝石为宝，而我以不贪为宝。如果我接受了您的玉，那我们就都失去了自己的宝物。倒不如我们各有其宝呢！"

你是真正的智者，你明白，世上有多少香玉，走进了杂草腐朽的天堂；世上也有多少不为瓦全的碎玉，刺痛了沾满罪恶的欲望之手。

妥协于诱惑，不是你的哲学。

看似冷漠的玉石性格，让我理解了它的如玉品质。

叹天下杂草丛生，野火无法烧尽。然而，有燃烧的大火，才有散去的乌烟。

你活着，走着，想着——我是谁？像庄稼一样朴实，像玉一样干净无瑕，渗透一股清凉，以廉为宝，是人民永远的福祉。

一贫如此——张浚

像一只永不回巢的鸟，如此决然。

凌云之上，托不起你沉重的悲哀。大地洒满你的困惑，你依然思考着粮食、柴火和马草，不与争禄者为伍。

因与奸相秦桧政见不和，被诬告与乱党牵扯，贬往湖南零陵做地方官。几经官场事，心，已是沧桑的海。

几箱书随行，字里行间无法解密你的人生。半路被检查书信和破旧衣物，高宗惊讶叹息："想不到张浚贫守到如此地步！"怜悯徒然而生。

得得的马蹄声急急回响大地，追赶着南宋大臣张浚——赏赐黄金三百两！

在皇帝眼里，忠诚很贵，值黄金三百两，但一盘棋如何下更重要。

那盘根错节的官场左右着生存之道。

穿过寒枝烟树，心如明镜，昂首蓝天，俯首大地，你是百姓永远的敬仰！

第一"裸官"——曾国藩

清道光二十八年（1848年），38岁的你已是内阁学士兼礼部侍郎，一身清白伴随着惊世骇俗的故事。

你为堵住政敌的悠悠之口乃至打着饱嗝的恶言诽谤，你遵守进入国家银库彻查账目的规矩，身为理学大家，不顾官家威仪世俗的眼光，严冬里当众脱个精光，裸着身子走进国库清点现银，查清了国库亏空真相。

一脱惊艳，如昭然若揭的神来之笔，裸露了你的灵魂，也裸露了你的孤独。

这一脱道光皇帝慧眼识忠诚，你的仕途从此更是平步青云。咸丰帝即位不忘你“一脱”之举，将大清帝国五部的大权都交给了不惑之年的你。

明君无声地告诉天下，清廉不该是逆淘汰的伤！

人们好奇你的为官之道，欲探九年连升十级的官场玄机。

然而，只有记载的名字清正字端和无关奢侈有回声的四壁。

一裸效天下，只为一缕清风拂过！

唐朝第一清官——陆贽

你出淤泥而不染，笑谈功名利禄。

年仅十八的你，为唐代宗大历八年（773年）进士，中博学宏辞科。担任华州郑县县尉。然而扑面而来的官场“潮流”与你格格不入，你收拾一囊落寞回家。

未来的路很长，你似乎已将它走短。

寿州刺史张镒认为你是奇才，临别赠钱百万，你不受，只收下一串清风吹拂过的茶叶洗心。

即位后，你派大臣巡视天下，感念德宗的知遇之恩，竭忠尽心。

在朝中你直言谏诤，然忠言逆耳。你多次检举贪官，陷入十面埋伏。

无须弹奏琵琶，你已知绷紧的弦。

公元792年，你任宰相，唐朝面临崩溃，你指陈时弊出善策，力挽狂澜。你常与敌方藩镇官员交往，却一尘不染。唐德宗嫌你“清慎太过”，怕不随波逐流影响朝政，便派翰林学士顾少林口传密旨：“你多少贪点！”这成为千古笑谈！

你为官清廉却被诬告，贬为地方小官。逆淘汰自毁长城，唐朝由盛而衰。

你的清名却在历史的长河里蜿蜒！

潇琴，中国作家协会会员，中外散文诗学会副主席，福建省作家协会全委会委员，泉州市校园文学研究会主席、书画创作委员会主任，泉州市文联主席团成员，泉州市作家协会顾问。出版长篇小说及散文集10多部。曾获全国、省、市颁发的文学奖及征文奖50多次。有作品译为英文等。作品收录《新中国六十年文学大系》《中国散文诗一百年大系》等100多种选本。

梅韵（组章）

◎ 郭永仙

山梅独语

只轻启红唇，我便感受到温暖如春；总会有一些坚强，成为民族精神寄托。梅的生命力量与坚忍清雅个性，凸现出中华品格。

僻静的山园，随年而长，横斜清唱，年复一年，那几朵浅浅的笑，已足够令寒冬生辉！而影影绰绰的花苞，正是絮语，亦如宋词的长短句。

雪是一袭好衣裳

冰雪只想试一试自己的寒，放眼野旷，已有草木枯了身。只有红梅，心中暗道：来得正是时候！

瞧瞧看，诗人毛泽东写的“已是悬崖百丈冰，犹有花枝俏”！是呵，正需要冰雪来衬托呢！

有白相托，红得干净而高雅！这是圣洁之红，是生命的血色！是青春的放怀！

这是一杯红酒，饮下，这个季节便没有寒冷。

虚幻成一首朦胧诗

月光下，夜色是一只魔手，调出一杯蓝色鸡尾酒。寒夜不再寒。在淡香中穿行，这就醉了……

有些花影荡漾成涟漪，似乎听到轻微的波纹声音。此刻，月光认真地将银色点燃，梅花的五片花瓣上，亮起柔和的银光。谁都无法逃离银色的追踪。

深重的墨色，将蓝压低，而凹凸有致的苍老之态，勾勒出一棵梅在人间修炼的姿态，这样的老，便胜却无数美！

一首朦胧诗，不必看透，读了，心中有激动就够了！

风来过，其他都不重要

我看见风的身影，凌乱步态，显然是醉了。舞动的水袖，却像流水般涌动。不需要音乐伴奏，这样虚空之步，正是魔舞。

黝黑的老枝，藏着唐宋笔法，沉重而老苍。不需要更多色彩，黑白之间已将人生说白……

细碎的白梅，对话黑色，这是思想者与思想者的交锋，黑白之间，看似极简，却是深不可测；这是一副精致的围棋，风是唯一的观棋者。

就想吹乱场面的情态，只有黑白不动声色……

阳光是一次捧场

此时，不管是初照还是夕阳，用柴火一样的颜色照亮，那些酒窝儿都会叫人心生暖意。

想起曾经的火笼，想起荒原上的篝火，想起夜行中的火把，都是这样的色彩。风的摇动，空间散落着一片片金银的宝气。梅花还是梅花，只不过有了富贵的色态。那些隐隐匿匿的小圆点，都是一只只诡谲的眼，梅花还是梅花。

慢慢品呷，便有宋徽宗工笔的风采，这种色彩，正是皇家留言……

郭永仙，中国作家协会会员、中国散文诗学会理事、中国散文学会会员、福州市作家协会常务理事。已出版散文诗集《真情岁月》《心灵流泉》《御风而去》《开启一坛陈年的酒》，散文集《醉在壶里》《今生遇见》；连续10年入选《中国年度散文诗》等选本。

登香炉屿感怀

◎ 丁瑞武

香炉屿，我以一种近乎朝圣的心情，走向你，蹒跚而行。

这里，荒岛不芜，草木繁盛，入眼生翠。

这里，碧海多情，水产丰饶，意趣盎然。

这里，野岛有宝，藏银成谜，巧谶如诡。

然而这些，都不是我此行的目的。

我要寻觅的，是那风中的传说，是数千年前的文化遗址，是古老的石器和陶瓷。

穿越时空隧道，终于见到你，阡陌纵横的容颜，洗尽铅华，沟壑森森。为了这千年的约定，为了生命里最坚贞不渝的等待，你始终伫立风中，一站千年，站成风景，站成传奇，站成永恒。

这无疑是一见钟情的初相识了。当我们终于遇见，当我颤巍巍地走向你，风云驻足，波涛无声，四周寂静，一如千万年来你的寂寥苦楚。

而你却从容，微微地笑：你还不来，我怎舍得老去？

我不言，只是轻轻触摸你深邃而幽远的肌肤，如亲芳泽，若游子初归。

是你，于无涯的荒野，为我默默守住流年，守住那一抹至真至纯至美；是你，在生命的最绿处，静听惊涛拍岸，笑看春花秋月。就这样老了光阴，惊艳了长风，沧桑了思绪。

心若无尘，岁月奈何。

走入季节深处，那些随意抖落的，除了时光的吉羽，还有历史的温度。或许，在千万年的另一端，这里曾是一处渔猎而群居的社区，抑或是一座奉天敬地、美轮美奂的神殿，一座傲视群雄、睥睨天下的城堡。

鹿鸣啾啾，潮汛潺潺。石器与陶瓷的碎片已斑驳，却依然散发着历经磨砺后的锋芒，直抵心田。

洒一地沉吟，于水墨青花间；

藏一簇情怀，于时间长河间；

蕴一抹风情，于浩淼海天间；

雕一种风骨，于孤寂行旅中。

那波浪般涌动的历史碎片，是远古华夏的魂魄，千年往事的风云，浩瀚寰宇的精灵！

遥想当年，南岛语族先民泛舟浩荡大洋，海上丝绸之路拓开欧亚大陆，中西文明交汇融合成一曲曲雄浑交响。

长笛一声台海浅，烟波浩渺归帆渐。远古缱绻的余音，和着“海峡号”悠长的笛韵，柔柔地驰骋在一思一念的海洋。

请原谅我终日辗转彼岸，找不到来时的路。他们说阳光正好，微风不燥，而你已为我跋涉了千山万水，酝酿出前世今生的那一坛相思。

千年的积淀，千年的芳华；

千年的约定，千年的守候；

千年的情怀，千年的咏叹。

因了这一场美丽的遇见！“金风玉露一相逢，便胜却人间无数。”

既然，流韵如斯，那么我亦愿，为你，沉醉千年……

备注：北香炉屿，因形似香炉且位于平潭综合实验区北部，故名；因岛上遍植台湾相思树，又称之为“相思岛”。该岛位于福建省平潭海域，地理位置为北纬 25°37′，东经 119°41′，隶属平潭的苏平片区的原苏

澳镇，为无居民岛，距苏澳镇苏澳村西海岸约0.9公里，岛体呈南北走向，长300米，宽100—270米。岛屿的沙滩上、山坡间、石缝处，陶、瓷和其他器皿的碎片随处可见，贝壳等形成的文化堆积层展现出早于商周的古人类生活生产遗迹，充满了历史沉积的厚重感。

丁瑞武，回族，70后，福建平潭人，在职研究生学历。曾任平潭县人民广播站记者，现任平潭综合实验区党工委宣传与影视发展部影视产业处处长，平潭政协委员，福建省作协会员，编著有《平潭旅游经贸手册》。